Charmed

L'enlèvement des sorciers

Une novélisation d'Emma Harrisson
d'après la série télévisée « Charmed »
créée par Constance M. Burge

Édition Jeunesse

POCKET
jeunesse

Titre original :
Something Wiccan This Way Comes

Série proposée par Patrice DUVIC

Loi n° 49-956 du 16 juillet 1949 sur les publications destinées à la jeunesse : octobre 2005.

ISBN 2-266-13782-4

CHAPITRE 1

— Vive Las Vegas ! Vive… Vive… Las Vegas !

Paige Matthews gara sa Coccinelle verte devant le manoir des Halliwell. Elle était d'excellente humeur et personne n'aurait pu l'empêcher de chanter.

La jeune femme contempla l'horizon : le soleil peignait de longues traînées roses, violettes et jaune bouton-d'or sur le ciel de San Francisco. C'était le moment de la journée qu'elle préférait.

Paige attrapa son sac et sauta de sa voiture. Elle attaqua en riant les marches du manoir des Halliwell. Elle partait à Las Vegas ! Paige allait voir la fameuse avenue du Strip, ses néons gigantesques, ses hôtels démesurés… La semaine prochaine, à la même heure, c'est sûr, elle serait là-bas, devant les machines à sous, et peut-être même qu'elle toucherait le super-jackpot !

Paige soupira. Tout cela n'était possible qu'à une seule condition : que ses sœurs acceptent de l'accompagner. Et cela n'allait pas être simple de les convaincre… Piper et Phoebe Halliwell avaient été plutôt pénibles ces temps-ci, sans doute à cause de tous les démons qu'elles avaient dû combattre. Mais c'était le lot des *Charmed*, trois gentilles sorcières qui consacraient leur vie à la protection des innocents. Et, de toute façon, quand elles ne traquaient pas les démons, les sœurs Halliwell avaient des métiers prenants. Piper dirigeait le *P3*, la discothèque la plus branchée de la ville et Phoebe tenait une rubrique pour le quotidien local. Paige, elle, était assistante sociale. Inutile de dire qu'avec des métiers de ce genre, les trois sœurs avaient vraiment besoin de vacances…

Paige poussa la porte du manoir.

— Piper ! Phoebe ! Vous êtes là, les filles ?

Elle posa son sac et en sortit un dépliant. Déjà, Phoebe dévalait l'escalier et Piper sortait en trombe de la cuisine.

— Qu'est-ce qu'il y a ? demanda Piper en remontant ses manches. Quel est le problème ?

— Pas de panique ! répondit Paige avec un grand sourire. Aucun démon à l'horizon ! Cela dit, un type complètement frappadingue m'a fait une queue-de-poisson sur l'autoroute. J'ai dû me retenir pour ne pas le téléporter à la prison d'Alcatraz !

Piper et Phoebe échangèrent un regard affolé.

— Mais vous savez bien que je ne ferais jamais une chose pareille ! continua Paige.

La jeune femme leva les yeux au ciel. Elle savait bien que les *Charmed* n'étaient pas autorisées à utiliser leurs pouvoirs magiques pour des rancœurs personnelles ! Si elles le faisaient, les conséquences pouvaient être terribles. Toutefois rien, dans le *Livre des Ombres*, ne les empêchait d'en rêver...

Phoebe s'assit sur la dernière marche de l'escalier.

— Alors, pourquoi ces cris ?

— Parce qu'on part en vacances ! rétorqua Paige.

Et elle agita le dépliant sur Las Vegas.

— Ah oui ? fit Piper. Montre un peu !

Paige croisa les doigts derrière son dos. Finalement, peut-être que tout allait bien se passer... Piper lut la brochure puis regarda sa sœur droit dans les yeux.

— C'est hors de question !

Sur ce, elle tendit le dépliant à Phoebe. La jeune femme y jeta un rapide coup d'œil, et le rendit à Paige.

— Tu plaisantes, sans doute ?

— Est-ce que j'ai l'air de plaisanter ? murmura Paige.

La plus jeune des Halliwell contempla ses sœurs d'un air morose. Qu'est-ce qui leur prenait ? Elles ne voyaient pas que c'était l'occasion de vivre quelque chose d'extraordinaire ? Et, en plus, de devenir riches ?

— Tu veux qu'on se rende à une assemblée de Sorcellerie ? martela Piper. C'est bien ça ?

Paige serra les dents. Piper employait ce ton méprisant qu'elle réservait aux ivrognes et aux fêtards qu'elle devait parfois virer du *P3*.

— Qu'est-ce qui vous chiffonne dans le Grand Sabbat des Wiccas ? Je vous rappelle que nous sommes des sorcières aussi. Et même des super-sorcières !

— Justement, répondit Phoebe en se levant. Je suis sûre que quatre-vingt-dix pour cent des gens qui viennent à ce truc n'ont aucune notion des maléfices que nous combattons chaque jour.

— Et alors ? Nous ne savons pas grand-chose non plus de leurs rites ou de leurs traditions. Vous n'avez pas envie de découvrir d'autres facettes de la magie ?

— Paige, nous connaissons déjà tout cela, rétorqua Piper. Tu as oublié les heures que tu as passées à étudier ?

Paige grommela. Comment aurait-elle pu oublier? Piper s'était comportée comme un sergent instructeur...

C'est vrai que Paige, sorcière depuis peu de temps, avait un long apprentissage à suivre. Sa sœur lui avait enseigné tout ce qu'il fallait savoir sur la composition des sortilèges et des potions : les cristaux, les plantes, l'anatomie des reptiles... Mais quand même, l'art de la magie ne s'arrêtait pas là !

Piper croisa les bras.

— Et comment as-tu découvert ce truc ?

— Il ne se passait pas grand-chose au bureau cet après-midi. J'en ai profité pour surfer un peu sur le Net. Vous ne pouvez pas imaginer combien de réunions de sorciers possèdent leur propre page web !

Piper et Phoebe éclatèrent de rire, et le visage de Paige tourna à la couleur pivoine. Décidément, ses sœurs avaient le chic pour étouffer le moindre de ses enthousiasmes !

— Je ne dis pas qu'on doit passer à l'ère informatique ! reprit-elle. Mais toujours est-il que le rassemblement aura lieu durant le solstice d'été et qu'il y aura d'innombrables rituels organisés en l'honneur de la Déesse…

Paige se tourna vers Phoebe. Celle-ci était bien plus portée sur le domaine spirituel que Piper, dont l'esprit était terriblement rationnel. Mais Phoebe se contenta de considérer sa jeune sœur d'un air sceptique.

— Et puis, les filles, c'est à Las Vegas ! insista Paige. On pourrait s'amuser comme des folles !

— C'est justement ça qui est bizarre, remarqua Phoebe. Si les Wiccas veulent communier dans la spiritualité, pourquoi se retrouvent-ils dans la capitale de la dépravation ? J'imagine toutes ces poulettes avec leurs chapeaux noirs en train de fumer le cigare et de jouer au black-jack !

Paige s'efforça de garder son sérieux et se tourna vers l'aînée des Halliwell.

— Piper…

— Je regrette, Paige. Mais je ne vois vraiment pas l'intérêt d'aller là-bas. Qu'avons-nous en commun avec cette bande de zinzins qui pensent que la sorcellerie consiste à dessiner des cercles magiques et à idolâtrer les chats ?

Paige haussa les épaules. Après tout, ce manque complet de réceptivité ne l'étonnait pas.

— Qu'est-ce que tu peux être négative, Piper !

— Désolée, ce n'est pas ainsi que j'imagine mes vacances !

Paige se mordit les lèvres. Que devait-elle faire ? Se rendre là-bas toute seule ? Hors de question. Alors quoi ? Ses sœurs étaient têtues comme des mules ! D'ailleurs, dorénavant, elle les appellerait ainsi : « Les Mules ».

— Et puis, reprit Phoebe, Cole et moi venons juste de nous fiancer. Je ne suis pas sûre d'avoir envie de le laisser ici pour aller danser sous la lune avec une bande d'illuminés. En plus, avec les démons qui rôdent autour du manoir, ces temps-ci… Cole est un humain maintenant, il est incapable de se défendre.

— Mais il aura Léo avec lui ! argumenta Paige.

Léo, le mari de Piper, était un Être de Lumière. Il protégeait les *Charmed* et intervenait dès qu'elles avaient besoin de lui.

— Léo n'est pas là tout le temps, remarqua Piper, et il ne peut pas combattre les démons à lui seul !

— Je peux toujours nous téléporter jusqu'ici en cas de problème, continua Paige.

— C'est quand même une mauvaise idée !

Paige baissa la tête. Elle n'abandonnait pas facilement mais, cette fois, c'était peine perdue. Elle froissa le dépliant.

— Bon, bon… C'était juste une idée…

Paige ramassa son sac et commença à monter l'escalier en soupirant. Elle claqua la porte de sa chambre et poussa sa chaîne à plein volume. Envoya valser ses sandales, se laissa tomber sur le lit puis jeta son projet de vacances dans la corbeille. Mais la boulette manqua son but et tomba sur le sol.

— Papier ! ordonna la jeune femme en tendant la main.

La boulette de papier fut prise dans un tourbillon de lumière bleu et blanc et revint dans la main de Paige. La jeune femme la relança et, cette fois, marqua un panier parfait. Les bras en croix, elle se laissa tomber en arrière et fixa le plafond. Cela lui apprendrait à crier : « Vive Las Vegas ! »

Piper et Phoebe se dirigèrent vers la cuisine.

— Je m'en veux un peu, chuchota Phoebe. Paige était tellement contente…

La jeune femme se hissa sur un tabouret et posa les coudes sur le plan de travail. Elle aurait aimé faire plaisir à sa petite sœur, mais vraiment, devenir une Wicca parfaite n'entrait pas dans ses priorités ! L'urgence, c'était d'aider Cole à trouver un job, d'écrire son article et de débarrasser les environs des démons.

— Je sais, répondit Piper. Mais se retrouver à Las Vegas avec une bande de pseudo-sorcières... très peu pour moi !

Et elle servit une tasse de café à sa sœur.

— Merci ! fit Phoebe. Où irais-tu si tu pouvais partir en vacances ?

— Là, maintenant ? J'irais dans les îles, sans hésitation ! Le sable chaud, la mer turquoise, les cocktails de fruits sous les parasols...

— Et Léo, bien sûr !

— Ça va de soi ! Léo serait forcément de la partie.

Piper avala une gorgée de café puis regarda Phoebe d'un air rêveur.

— Mmmm... Je m'y vois déjà ! Mais où donc est mon mari quand j'ai besoin de lui pour m'amener aux Bahamas ?

À cet instant, un tourbillon de lumière se forma au milieu de la cuisine et Léo apparut, une fleur exotique à la main.

— Tu m'as appelé ?

— Cette histoire d'Être de Lumière est parfois bien pratique, reconnut Piper.

Et elle se mit sur la pointe des pieds pour embrasser son mari. En tant qu'Être de Lumière, Léo se téléportait là où il le désirait et il pouvait entendre Piper et ses sœurs quand elles l'appelaient au secours.

Piper prit la fleur en souriant.

— Que dirais-tu d'aller passer un week-end à la plage ?

— Je dirais qu'il est grand temps ! acquiesça Léo. Au fait, où est Cole ?

— Il est parti chercher du travail, répondit Phoebe. Espérons qu'il reviendra avec de bonnes nouvelles.

À ces mots, la porte d'entrée s'ouvrit et la jeune femme se retourna en souriant. Mais, au lieu de Cole, ce fut leur ami Daryl Morris qui entra dans la cuisine. Il avait le front plissé et la cravate dénouée.

— Ouf, vous êtes là ! fit le nouvel arrivant. Où est Paige ?

— Elle est en haut, répondit Phoebe. Daryl, qu'est-ce qui ne va pas ? Tu as l'air bien agité !

Il retira sa veste et reprit son souffle.

— Je vous le dirai quand Paige sera descendue !

Et il repartit vers le vestibule pour appeler Paige. Piper jeta un regard intrigué à Léo. Daryl était inspecteur à la police départementale de San Francisco, et il était le seul humain à connaître les pouvoirs des trois sœurs...

Paige arriva très vite.

— Que se passe-t-il, Daryl ?

— Ce que j'ai à vous dire ne va pas vous plaire, commença le jeune homme : on dirait qu'un individu s'adonne à l'enlèvement de sorcières.

Aussitôt la chair de poule saisit Phoebe.

— Ici ? À San Francisco ?

— Dans tout le pays, lâcha Daryl.

— Tu plaisantes !

— J'aimerais bien...

Daryl se mit à arpenter la pièce, comme il le faisait toujours quand l'heure était grave. À chaque pas, ses chaussures bien cirées couinaient sur le carrelage.

— Ce matin, je travaillais sur une enquête concernant la disparition d'une certaine Clarissa, et une de ses amies m'a raconté que Clarissa était membre d'un groupe de sorciers. Elle et ses consœurs sorcières craignaient justement que ce genre de malheur ne leur arrive un jour. En effet, la cousine de cette fille appartient à une communauté dans l'Est, et il y a eu une flopée de disparitions là-bas, ces deux dernières semaines.

— Qu'est-ce que tu appelles une flopée ? s'enquit Piper.

— Au moins seize, d'après ce que je sais.

Daryl sortit une feuille de papier de la poche et la posa sur la table. Phoebe s'approcha et se mit à lire.

« Sorciers, Sorcières, attention ! Soyez sur vos gardes ! Des sorcières ont été kidnappées dans huit communautés, à Boston, à New York, en Virginie, en Floride... L'enlèvement a généralement lieu la nuit, quand la victime dort. Soyez vigilants, verrouillez tout dès le crépuscule et équipez-vous d'un système d'alarme. Contactez-nous si vous avez la moindre information. Nous devons nous protéger les uns les autres ! »

Un frisson parcourut le dos de Phoebe.

— Pourquoi n'avons-nous rien su ? demanda Piper.

— C'est vrai ! fit Paige en tirant la feuille vers elle. Où est-ce que tu as eu ce papier, Daryl ?

— C'est la fille à qui j'ai parlé ce matin qui me l'a donné. Apparemment, ce texte a été envoyé par e-mail à toutes les communautés du Net.

Paige lança un regard noir à Piper.

— Quand je pense que vous ne voulez pas vous mettre à l'informatique !

— Daryl, tu parlais de seize enlèvements, poursuivit Piper. Mais sur ce message, ils n'en mentionnent que huit.

— J'ai fait quelques recherches, rétorqua Daryl, et j'en ai trouvé d'autres. Certains services de police n'ont pas remarqué que les victimes étaient sans exception des sorcières ou des sorciers. De plus, quelque chose m'étonne. Il y a eu des enlèvements à New York, puis à Chicago, puis au Texas… On dirait que ces détraqués se dirigent vers l'ouest.

— Et… maintenant, bafouilla Phoebe, ils sont… ici ?

— Il y a déjà eu trois enlèvements dans les environs de San Francisco. Je devais vous prévenir…

— En résumé, conclut Léo, vous pourriez être les prochaines victimes ! Daryl, as-tu des renseignements sur les kidnappeurs ?

— Malheureusement non, ils ne laissent aucune trace. Chaque victime a été enlevée la nuit, comme l'indique l'e-mail. Mais en dehors de ça, et du fait qu'il s'agit de Wiccas, il n'y a aucun indice qui relie les enlèvements entre eux.

— Je vais me renseigner auprès du Conseil des Sages, annonça Léo. Ils doivent être inquiets.

Le jeune homme se téléporta hors de la cuisine et laissa derrière lui un silence très lourd.

— Daryl, proposa Phoebe, peut-on faire quelque chose pour t'aider ?

— J'attendais un peu que vous le demandiez. Je ne voudrais pas vous mettre en danger, mais si vous pouviez en parler à quelques communautés de la région… Peut-être savent-elles quelque chose sans même le mesurer ?

— Bien sûr, acquiesça Paige, c'est d'accord !

— Nous ferons de notre mieux, renchérit Piper.

Phoebe considéra longuement la feuille de papier. Être arraché de son foyer en plein milieu de la nuit… cela devait être terrible !

Elle releva la tête.

— Il faut que nous découvrions qui est à l'origine de ces enlèvements. Et cela avant que d'autres sorciers ne soient kidnappés !

CHAPITRE 2

Le canapé trônait au milieu du salon de Missy Stark. Piper s'assit sur un accoudoir et réfléchit. Elle n'aurait pas su dire pourquoi, mais cet endroit la mettait mal à l'aise. Pourtant Missy l'avait bien accueillie quand Piper lui avait dit qu'elle venait de la part de la police.

Piper regarda autour d'elle pendant que Missy préparait du thé à la cuisine. Les murs étaient recouverts d'un papier peint bleu nuit parsemé de croissants de lune argentés. Chaque fenêtre était cachée derrière une dizaine de voiles multicolores. Des centaines de bougies encombraient la moindre surface horizontale. Enfin, la table basse était chargée de livres de sorcellerie. *L'Agenda de la Magie*, *Le Guide des Cristaux et du Pouvoir des Couleurs*, *Votre communauté et vous*… Piper sourit. En fait, Missy Stark était exactement le genre de personne qu'elle évitait à tout prix. Une sorcière du style bonne femme touche-à-tout, le genre qui l'horripilait et qui fréquentait sûrement les Grands Sabbats des Wiccas…

Missy revint avec un plateau chargé de tasses et de gâteaux secs. Ses joues gardaient des traces de larmes. Piper se mordit les lèvres : elle était injuste ! Elle portait un jugement défavorable sur cette pauvre femme alors qu'elle venait de perdre une de ses meilleures amies.

Missy posa son plateau sur les piles de livres.

— Merci, dit Piper. Vous alliez me parler de Clarissa…

— Oh, attendez ! Je vais vous trouver une photo.

Virevoltant d'un bout à l'autre de la pièce, Missy passa rapidement en revue les cadres posés sur les tables et les rebords de fenêtre. Finalement elle en saisit un, orné de cristaux roses et violets.

— Voilà ! Vous ne trouvez pas qu'elle est ravissante ? Tous ceux qui la rencontraient étaient ébahis par ses cheveux.

Piper tenait religieusement le cadre entre ses doigts. Le premier mot qui lui vint à l'esprit fut le mot *ange*. Le teint de Clarissa était lumineux. Ses cheveux d'un blond irréel flottaient autour de son visage, et ses yeux d'un bleu vif étaient heureux et tristes à la fois.

— Elle est superbe, reconnut Piper en rendant la photo.

Missy reposa le cadre là où elle l'avait pris et vint s'asseoir en face de Piper.

— Missy, reprit la jeune femme, vous avez déclaré à la police que Clarissa avait disparu au milieu de la nuit, c'est bien ça ?

— Oui, nous nous étions parlé vers vingt-trois heures, juste avant qu'elle aille se coucher. Et nous devions nous retrouver pour le petit déjeuner chez elle. Clarissa n'a pas répondu quand j'ai sonné à la porte. Comme je sais où elle cache la clé, je m'apprêtais à la prendre, mais j'ai vu que la serrure était cassée. J'aurais dû appeler la police immédiatement, mais je voulais savoir si Clarissa allait bien. Alors je suis entrée dans la maison. Et là… sa chambre était un véritable capharnaüm, il y avait des objets cassés partout, comme si des gens s'étaient battus.

Piper retint son souffle. Les démons ne recouraient pas à des procédés aussi primaires pour pénétrer dans les maisons ! Fracasser une serrure, c'était là un acte typiquement humain… Néanmoins, il se pouvait qu'un démon rusé cherche à brouiller les pistes.

— Je n'arrive pas à comprendre ! avoua Missy. Elle n'avait pas d'ennemis, sa famille l'aidait beaucoup et… tout le monde l'aimait.

— Peut-être que quelqu'un aimait trop Clarissa ? suggéra Piper. Un ancien petit ami ?

Missy sursauta. Une telle chose lui semblait impensable.

— Non ! C'est-à-dire que… si. Elle a rompu avec Theo, il y a environ un an, mais ils sont restés amis.

Ensuite, il est parti pour l'Europe en stop avec son sac à dos. D'ailleurs Clarissa venait juste de recevoir une carte postale.

Piper fronça les sourcils. Un coup d'épée dans l'eau…

— Et votre communauté ? Y avait-il des jalousies, des rivalités pour le pouvoir ?

— Clarissa est notre grande prêtresse, expliqua Missy avec un sourire attendri, ce qui est forcément une position enviée. Mais nous nous entendons tous très bien, et la nomination de Clarissa s'est faite à l'unanimité. La Déesse est profondément incarnée en elle.

Piper se retint pour ne pas lever les yeux au ciel.

— Comment cela, incarnée ?

Missy détourna les yeux.

— Vous allez croire que je suis folle…

— Soyez sans crainte, encouragea Piper. Moi aussi, je pourrais vous dire un tas de choses qui vous feraient penser que je suis folle.

Missy prit une longue inspiration.

— D'accord. Cela vous aidera peut-être. Mais je vous aurai prévenue…

Puis elle se mordit les lèvres et ferma les yeux.

— Clarissa a des pouvoirs…

« Ces sorcières n'étaient peut-être pas si nulles que ça, après tout ! » pensa Piper.

Missy ouvrit un œil et observa la réaction de Piper.

— Quelles sortes de pouvoirs ? demanda simplement la jeune femme.

— Quand elle prend un objet dans ses mains... n'importe lequel... elle peut voir la dernière personne qui l'a touché. Elle devine ce que la personne ressentait quand elle tenait l'objet. Et aussi... ce qu'elle va faire après l'avoir reposé.

Piper s'éclaircit la gorge.

— C'est un pouvoir impressionnant !

— Clarissa a toujours été capable de sentir les émotions en touchant les objets, mais elle a eu sa première véritable prémonition il y a quelques semaines seulement. Elle était à la banque et elle a pris un stylo qu'une femme en compagnie de ses deux enfants venait de poser. Elle a immédiatement ressenti le calme et la sérénité de la femme. Puis, presque au même instant, elle a vu cette mère de famille se faire renverser par une voiture en sortant de la banque. Clarissa s'est demandé si elle devenait folle. Toujours est-il qu'elle a retenu la femme en lui posant des questions sur ses enfants. Quelques instants plus tard, une voiture s'est écrasée contre un pilier devant la banque.

— Comme c'est étrange ! déclara Piper.

Elle repensa aux prémonitions de Phoebe. Heureusement, elle et Clarissa utilisaient leurs visions pour venir en aide aux autres. Piper sentit une légère sueur perler sur son front. Et si quelqu'un voulait que Clarissa ne puisse user de son pouvoir sur lui, souhaitait qu'elle l'emploie à des fins malhonnêtes ?

Son cœur commença à s'affoler et la jeune femme n'eut plus qu'une envie : sortir de là, retrouver ses sœurs. Et s'assurer qu'elles allaient bien.

— Missy, combien de personnes sont au courant des pouvoirs de Clarissa ?

— Juste notre communauté. Vous pouvez imaginer pourquoi elle ne voulait pas que cela se sache. Si quelqu'un de malintentionné découvrait…

Elles échangèrent un regard entendu puis Piper se leva.

— Je vous remercie d'avoir pris le temps de me recevoir.

Missy bondit de son fauteuil et suivit Piper jusqu'à la porte.

— Vous pensez qu'on va la retrouver ?

— Nous ferons tout ce qui est en notre pouvoir, murmura Piper, je vous le promets. Nous vous tiendrons au courant.

La jeune femme se précipita vers sa voiture. Elle voulait retrouver Daryl, Paige et Phoebe, réfléchir avec eux. Si le mobile qu'elle supputait était le bon, les *Charmed* étaient véritablement en danger.

Les yeux écarquillés, Paige suivait Elijah Baker d'un salon à l'autre. L'homme était membre d'une communauté dont un membre avait disparu la semaine précédente. Sa maison était d'architecture victorienne et la décoration de style contemporain : cuir noir, chromes, sols en marbre poli. C'était superbe, mais peu accueillant. Le genre d'endroit où on n'osait toucher à rien. La jeune femme resserra son blouson de cuir, de peur qu'il ne frôle quoi que ce soit.

— Cette maison est immense pour une seule personne ! Vous devez payer un sacré loyer !

Elijah s'approcha de la grande cheminée en ardoise et prit une photo encadrée.

— Je ne vis pas tout seul. La plupart des membres de la communauté vivent ici. Une espèce de... fraternité mystique, si on veut. Sauf qu'il y a également des femmes !

Paige se mordit les lèvres. En temps normal, elle était capable de parler de n'importe quoi avec n'importe qui, mais cet homme et cet environnement la mettaient terriblement mal à l'aise.

Elijah tendit la photographie à la jeune femme.

— Et au centre, annonça-t-il, c'est Samson !

Paige considéra le sorcier disparu en silence. C'était un bel homme noir à la tête rasée. Sa bouche était très sévère mais ses yeux souriaient. Cet homme était sûrement quelqu'un de sympa, quelqu'un d'ouvert.

Elijah retira brusquement le cadre des mains de Paige et le replaça sur la cheminée avec une précision presque maniaque.

— Allons à la cuisine, dit-il en tournant les talons.

À ce ton sec et cassant, Paige se mit à rougir. Qu'est-ce qu'elle avait fait pour le froisser ? Elle regarda Elijah. Il était élancé et avait de longs cheveux châtain clair. Ses manières détachées, presque condescendantes, allaient mal avec ce physique ordinaire. Pour Paige, un sorcier était forcément accueillant et patient.

Paige suivit Elijah dans une cuisine high-tech où trônait une longue table entourée de chaises en cuir noir. Elle s'assit et retint un soupir. La chaise était terriblement inconfortable. Ah, si elle avait pu s'asseoir en tailleur…

— Est-ce que Samson habitait là ? reprit-elle.

Elijah l'observait à la dérobée. Ses yeux étaient plissés comme pour jauger la jeune femme.

— Oui, il a été kidnappé ici.

Paige vit les muscles des mâchoires d'Elijah se crisper.

— Vous allez bien ?

— Oui, oui, ça va. Mais je ne comprends pas pourquoi nous n'avons entendu aucun bruit. La chambre de Samson est à quelques mètres de la mienne et de celles d'une demi-douzaine d'autres personnes.

— Ce n'est pas votre faute, bredouilla-t-elle. Vous n'y êtes pour rien.

Elijah prit une longue inspiration et fixa en silence le grand bol en verre qui était au centre de la table. Paige soupira. Cet homme n'était vraiment pas bavard… Elle ferait peut-être mieux de partir. Mais elle n'avait pratiquement rien appris de nouveau, du moins rien qui puisse intéresser Daryl et ses sœurs. Il fallait donc attendre et espérer qu'Elijah se montre plus loquace.

— Je ne sais pas ce que nous allons devenir sans lui, lâcha-t-il finalement d'une voix très basse.

Paige se demanda si elle avait bien entendu.

— Il vous manque, n'est-ce pas ?

Elle se tortilla sur son siège. Son pantalon en vinyle couina sur la surface dure du siège.

— Désolée, murmura-t-elle en rougissant.

— Ne vous en faites pas, ça arrive tout le temps, répondit l'homme avec un léger sourire. Oui, Samson me manque. C'est comme un frère pour moi. Mais il n'y a pas que ça...

— Qu'y a-t-il ? encouragea doucement Paige. Était-il votre grand prêtre ?

Paige se redressa. Toutes ces heures passées à surfer sur les sites de sorcellerie servaient enfin à quelque chose !

Elijah passa une main sur son visage d'un geste las.

— Il l'était, en effet... Il est d'une grande inspiration pour tout le monde ici. Il a ce pouvoir... Il perçoit les auras avec une incroyable précision et il a le don de les éclaircir. Il m'a beaucoup aidé à la mort de ma mère. Grâce à lui, j'ai pu mettre une croix sur le passé et avancer vers l'avenir. Je lui en serai éternellement reconnaissant.

Elijah crispa de nouveau ses mâchoires, comme s'il regrettait de mettre ainsi à nu sa vie privée.

— Quelqu'un d'autre dans votre communauté possède-t-il ce pouvoir ? poursuivit la jeune femme.

— Non. Nous avons des pouvoirs communs, bien sûr, mais Samson était le plus talentueux d'entre nous. Il a aidé beaucoup de monde.

— Ça a l'air d'être un type bien, remarqua Paige.

Elle se mordit les lèvres. Ses paroles étaient tout ce qu'il y de convenu, elle le savait, mais il fallait pourtant dire quelque chose.

— Je vous en prie, retrouvez-le ! termina Elijah. Je ne sais pas ce que nous allons devenir sans lui.

Paige se leva aussitôt. On venait de lui donner congé...

— Nous ferons de notre mieux. Merci de m'avoir reçue.

— Je vais vous raccompagner, proposa Elijah.

— Non, merci, je retrouverai le chemin.

Elle lui tendit la main puis se dirigea vers la sortie. D'avoir vu ce pauvre bougre lui donnait une envie urgente de revoir ses sœurs. Elle jeta un coup d'œil par-dessus son épaule. Comme elle avait prêté sa voiture à Phoebe, il ne lui restait qu'à se téléporter depuis la maison d'Elijah jusqu'au manoir.

— Bon ! Résumons-nous, dit Phoebe en se passant une main tremblante sur le front. Samson et Clarissa étaient tous deux les sorciers les plus puissants de leur communauté. Mais avaient-ils de véritables pouvoirs ?

Paige se laissa tomber sur le canapé où était déjà installé Daryl.

— Apparemment, oui...

— Voilà qui est troublant, avança Phoebe. Keisha était également la grande prêtresse de sa communauté. On dit qu'elle avait le pouvoir de voir à travers les objets solides.

— Une Superwoman sorcière ? ironisa Piper.

— Quelque chose dans ce goût-là !

Le cœur de Phoebe battait la chamade. Les morceaux du puzzle s'assemblaient. Et ce qu'elle voyait ne lui plaisait pas du tout.

Piper observa les photos posées sur le dessus de la cheminée.

— Quelqu'un essaie de museler les sorciers trop puissants...

— Ou au contraire de rassembler leurs pouvoirs, contra Phoebe.

Piper et Paige restèrent bouche bée. Elles n'avaient pas vu les choses sous cet angle. Pourtant, si les autres sorciers kidnappés étaient aussi puissants que les trois dont ils avaient entendu parler aujourd'hui, c'était évident... Quelqu'un était en train de se composer un arsenal de pouvoirs magiques. Et qui sait dans quel but ?

— Une minute ! intervint Daryl. Essaies-tu de nous dire que quelqu'un constitue une sorte d'armée ?

— Oui... répondit Phoebe. Mais c'est peut-être pire. Ces sorciers ont tous l'air d'être des plus sympathiques et il ne sera pas facile de les rendre méchants. Mais si nous avons affaire à un warlock...

— Voyons... c'est quoi, déjà, un warlock ?

Phoebe se redressa et mit ses mains dans les poches arrière de son pantalon.

— Quand un warlock tue une vraie sorcière, il absorbe son pouvoir et peut l'utiliser. Donc si nous avons affaire à un warlock ou à une espèce de démon prédateur…

— Alors… interrompit Paige, à l'heure qu'il est, quelqu'un possède tous les pouvoirs à la fois !

— Et on peut parier qu'il ne s'en servira pas pour faire le bien, conclut Piper.

Daryl se leva.

— Tout cela ne me dit rien qui vaille ! Je pense que vous devez partir d'ici immédiatement.

— Quoi ? Qu'est-ce que tu dis ? s'inquiéta Paige.

— Il faut qu'on vous trouve un endroit sûr, affirma Daryl avec empressement. Si ces types cherchent de vrais pouvoirs, ils ne vont pas tarder à débarquer ici !

— Ils ne prennent que les plus puissants de chaque communauté, fit remarquer Paige.

Elle jeta un regard interrogateur à Phoebe.

— Je me demande qui ils choisiraient de nous trois…

— Moi je voterais pour Piper, assura Phoebe.

— Oh, non, Phoebe, je t'en prie ! rétorqua Piper. C'est toi la plus douée, ici. Tu sais même voler !

— Il ne faut pas sous-estimer Paige, observa Phoebe en montrant la jeune femme du doigt. Elle est imbattable avec ses trucs de disparition.

— Ah, merci ! Je commençais à me sentir un peu exclue, déclara Paige en faisant la moue.

Phoebe et ses sœurs éclatèrent de rire, mais Daryl adopta aussitôt le ton autoritaire du policier-qui-prend-les-choses-sérieusement.

— Mesdames, un peu de calme !

— Désolée, fit Phoebe, la main sur la bouche. On avait besoin d'une pause humour.

— Eh bien, moi, je n'ai pas le cœur à rire. Je suis surpris que ces gens, ou magiciens, ou je ne sais quoi, ne soient pas encore venus pointer leur nez ici !

Piper s'assit à côté de Paige.

— En tout cas, nous n'allons pas nous enfuir. Nous ne l'avons jamais fait et ce n'est pas aujourd'hui que nous commencerons ! Nous sommes capables de nous défendre. Il faut simplement que nous restions sur nos gardes en permanence.

— Exactement ! renchérit Phoebe. Nous allons nous méfier. Mais… de quoi ?

CHAPITRE 3

Paige sortit de sa commode son sweat-shirt préféré et l'enfila. Après une journée comme celle-ci, rien de tel qu'un vêtement confortable pour se donner du courage. Et puis, si un cinglé devait la kidnapper dans sa propre maison, autant qu'elle le reçoive dans une tenue où elle se sentait parfaitement à l'aise ! De plus, les vêtements amples pour botter quelques derrières, c'est idéal !

En bas, Daryl, Piper et Phoebe continuaient à discuter. Paige sourit. Ses sœurs étaient là, juste à côté. Rien ne pouvait lui arriver... Bon, d'accord, un incident pouvait quand même survenir, mais ce ne serait pas la fin du monde.

Paige s'apprêtait à sortir de sa chambre quand son attention fut attirée par une boulette de papier au fond de la corbeille. Le visage de la jeune femme s'illumina. Une idée venait de se former dans sa tête, voire un véritable plan !

Elle ramassa la boulette et quitta la pièce en tremblant d'excitation.

— Zorro est ar-ri-vé… é… é… ! chanta-t-elle en dévalant l'escalier.

Quand elle arriva dans la cuisine, Piper, Phoebe et Daryl étaient assis autour de la table.

— Hé, les gars ! cria-t-elle. J'ai trouvé la solution !

— La solution à quoi ? demanda Piper en fronçant les sourcils.

Paige défroissa le papier.

— Une solution pour savoir qui organise ces enlèvements !

— Bien… mais je ne comprends pas pourquoi tu ressors ce papier ! s'énerva Phoebe.

Paige jeta le papier sur la table.

— Il faut qu'on aille au Sabbat des Wiccas !

— Oh, non ! Pas ça ! fit Piper en s'avachissant sur sa chaise.

— C'est quoi, ce rassemblement ? s'enquit Daryl.

Alarmé par le peu d'enthousiasme de Piper et de Phoebe, il regardait la feuille avec circonspection.

— C'est une réunion de sorcières, s'exclama Paige. Un immense Sabbat de Wiccas !

Paige se redressa. Elle était certaine d'avoir raison. Cette fois, ses sœurs ne pourraient pas refuser.

— Des centaines de sorciers vont se rassembler à Las Vegas la semaine prochaine !

— Et alors ? demanda Daryl.

Phoebe se redressa sur sa chaise. La lumière se faisait dans son esprit.

— Et si le kidnappeur cherche des sorciers à enlever…

— Et s'il a pour dix sous de cervelle… continua Piper.

— … il sera forcément là-bas ! conclut Paige en croisant les bras.

Elle vit alors ses sœurs échanger un regard. Ah, ah ! Pour une fois, la petite sœur avait trouvé un superplan !

— Pourquoi se donner la peine de courir tout le pays quand il suffit d'aller à Las Vegas pour trouver des sorcières à la louche ? reprit-elle triomphalement.

Phoebe pencha la tête sur le côté et observa sa jeune sœur.

— Cette gamine est très douée !

— Normal ! claironna Piper. Elle a eu d'excellents professeurs !

— Je ne suis pas sûr d'avoir compris, intervint Daryl. Ne me dites pas que vous voulez aller à ce truc !

— Ce n'est pas qu'on en ait vraiment envie… précisa Piper d'un air crispé.

Daryl posa ses mains sur la table d'un air autoritaire.

— Une minute, une minute… Que les choses soient bien claires ! Je suis d'accord avec vous : le kidnappeur serait un imbécile de ne pas chercher ses prochaines victimes à cette espèce de réunion ou je ne sais quoi. Mais c'est exactement pour cela que vous ne devez pas y aller !

Paige laissa échapper un soupir.

— Mais enfin, Daryl !

— Je suis sérieux, Paige. Pourquoi vous jetez-vous dans la gueule du loup ?

— Que veux-tu que nous fassions d'autre ? demanda Phoebe. Que nous restions plantées à attendre que ce type vienne nous cueillir ? Ce n'est pas ce que j'appelle un bon plan.

Paige adressa un sourire complice à sa sœur. Elles étaient du même avis. Elles devaient passer à l'offensive et non se tenir sur la défensive.

Piper replia soigneusement la feuille froissée.

— Paige et Phoebe ont raison. Je propose qu'on prenne la situation à bras-le-corps et qu'on en finisse au plus vite.

Elle tendit la feuille à Paige.

— Tu t'occupes des réservations et, moi, je vois qui peut me remplacer au *P3*.

— Quant à moi, je vais affronter mon patron, ajouta Phoebe en se levant.

Paige jeta un coup d'œil à Daryl. Le policier baissa la tête. Il s'était résigné à l'inévitable... La jeune femme leva le poing au ciel dans un geste de triomphe. *Les Sorcières, nous voilà !*

Piper fixait tristement sa valise. Elle était pratiquement vide, mis à part quelques sous-vêtements.

— Je n'ai pas assez de débardeurs !

La jeune femme soupira. Non seulement elle devait faire ses bagages pour un voyage qu'elle n'avait pas envie de faire, mais en plus il lui fallait trouver des tenues adéquates pour un mois de juin à Las Vegas.

Piper se rendit dans son dressing et décrocha plusieurs chemisiers au hasard. De toute façon, elle n'avait pas l'intention d'impressionner qui que ce soit là-bas.

Quand elle se retourna, une ombre se tenait debout au milieu de leur chambre. Piper laissa tomber ses chemisiers et, instinctivement, tendit ses mains. Elle se retint juste à temps d'utiliser son pouvoir. C'était Léo !

Le jeune homme s'était tout de même jeté au sol.

— Ne refais jamais ça ! supplia Piper. J'ai failli te pulvériser en mille débris de Léo.

Il se releva.

— Excuse-moi ! La prochaine fois, je ferai plus de bruit en me téléportant.

— Oui, si ça ne t'embête pas...

Piper ramassa ses affaires et les jeta en vrac sur le lit. Rien que la vue de cette valise la déprimait. Elle n'arrivait pas à se souvenir de la dernière fois où elle avait été aussi peu motivée par un voyage.

— J'ai comme l'impression que tu fais tes bagages, observa Léo.

Piper ouvrit le tiroir à chaussettes en maugréant.

— Oui. Nous allons à Las Vegas. Il doit y faire au moins un million de degrés !

— Un million, tu exagères peut-être un peu. Neuf cent mille ?

Piper prit un air découragé et saisit quelques paires de chaussettes. Elle se dirigea de nouveau vers le dressing, mais Léo l'attrapa par-derrière et la serra dans ses bras.

— O.K. Arrête de bouger, tu me donnes le tournis. Si tu me disais plutôt ce qui se passe ?

Piper se détendit un peu et sourit à son mari.

— Paige a entendu parler de cette Réunion de Sorcières à Las Vegas pour le solstice d'été. Nous pensons que si ce kidnappeur cherche des sorciers, il ira là-bas !

Léo fronça les sourcils.

— Donc, vous allez le retrouver et résoudre le problème. C'est un bon plan… un plan qui vous met en première ligne, mais un bon plan !

— Je sais. Je n'ai aucune envie d'aller à ce truc, pourtant il le faut. Et au fait, qu'est ce que les Sages ont dit ?

Piper s'assit sur le bord du lit. Léo s'approcha et lui prit la main.

— Pas grand-chose, hélas. Ils sont inquiets, mais selon eux, aucun démon très puissant ne s'est échappé du monde inférieur récemment.

— Mais c'est de toute façon un démon ou un warlock ! Les sorciers kidnappés sont pour la plupart très puissants. Phoebe pense que quelqu'un est en train d'assembler un supervoltage magique !

— Un magicien est donc envisageable… murmura Léo. Je leur suggérerai l'idée.

Piper prit la main de Léo.

— Pas tout de suite, hein ? Tu ne vas pas y retourner immédiatement, dis-moi ?

Léo la serra contre lui en souriant et posa un baiser sur son front.

— Non, je crois que je vais rester ici avec toi… Et t'aider à préparer ta valise pour ce voyage que tu n'as pas envie de faire.

— Tu es un amour !

Piper se leva et retourna à son armoire. Là, elle regarda ses maillots de bain en soupirant. Si seulement elle faisait ses valises pour partir dans les îles avec Léo ! Elle secoua la tête pour effacer ce doux rêve. Son destin de *Charmed* passait avant tout. Elle ramassa une brassée de jeans et quand elle se retourna, Phoebe et Cole se tenaient au milieu de la chambre.

— Ça commence à bien faire ! lança-t-elle, rageuse, en jetant ses vêtements sur le lit. Je vais tous vous mettre des colliers avec des clochettes.

— Désolée, s'excusa Phoebe. Je voulais te dire que j'emportais quelques cristaux de protection, au cas où…

— Oui, ajouta fermement Cole ; vous ne pouvez pas partir là-bas sans quelques protections de base.

Piper lança un coup d'œil vers son futur beau-frère. Ce n'était pas pour rien qu'il était un excellent avocat ! Quand un type de sa taille et de sa prestance disait quelque chose, on avait tendance à le croire... De son côté, Léo avait l'air préoccupé. Phoebe avait dû le mettre au courant des derniers événements de la journée.

— Je ne sais pas si ça vaut la peine de s'inquiéter, reprit Piper. On sait se débrouiller contre un démon ou un warlock. Ce qui devrait vraiment nous préoccuper, ce sont les pseudo-sorcières de ce Sabbat !

Piper vit passer devant ses yeux une bande de hippies à la Missy Stark. Ils dansaient nus autour d'un feu. Elle croisa les doigts. Pourvu qu'elle ne se retrouve pas dans ce genre d'ambiance ! Cela ferait jaser dans le monde inférieur...

Léo tira Piper de son curieux rêve.

— Cole et Phoebe ont raison, chérie ! Il vaut mieux prévenir que guérir, non ?

— Ne vous inquiétez pas ! répondit Piper en ajoutant un bermuda au tas qui se formait dans sa valise. On vous appellera si on a besoin de vous.

— Je ne te comprends pas, Piper, protesta Phoebe sur un ton agacé. Seize sorcières ont disparu sans laisser de traces. Comment peux-tu te montrer si désinvolte ?

— Ce sont des Wiccas, pas des sorcières, corrigea sèchement Piper. Et ne me crois pas désinvolte : je pense juste qu'on saura se débrouiller.

Cole se planta devant elle.

— Je suis ravi que tu te sentes aussi sûre de toi, Piper, mais d'après ce que me dit Phoebe, ces gens ne sont pas n'importe quels Wiccas. S'ils ont les pouvoirs dont parlent leurs amis, ils sont à la fois sorciers et Wiccas, et ils ne pourront se protéger eux-mêmes.

— Calme-toi, Cole, dit Piper. Tout va très bien se passer.

Mais Léo, Phoebe et Cole restèrent sur place.

— Tout se passera bien si vous me laissez finir mes bagages, s'énerva Piper.

Phoebe leva les yeux au ciel puis quitta la pièce avec Cole.

— Tu vas bien ? s'inquiéta Léo.

— Parfaitement bien. Puisqu'on parle de vacances, je commence à me rendre compte que j'en ai besoin !

— Après tout, ce sont presque des vacances, non ?

Piper referma sa valise d'un geste rageur.

— Tu parles !

CHAPITRE 4

Paige conduisait la décapotable le long de la grande avenue de Las Vegas, le Strip. C'était la nuit, mais l'éclairage de l'avenue était si puissant qu'on y voyait comme en plein jour. Phoebe écarquillait les yeux ainsi qu'une enfant.

— Vous avez vu cet endroit ? C'est incroyable !

— Incroyable, mais vrai ! confirma Piper depuis la banquette arrière.

Une légère brise souleva ses cheveux et la jeune femme enfila son pull. Aucune des trois sœurs ne s'était attendue à ce petit vent frisquet.

— Nous avons vu plus de choses bizarres aujourd'hui que…

Piper s'interrompit. Un groupe de filles en bikini lamé argent déambulait sur le trottoir. Avec leurs talons de quinze centimètres et leurs plumes dans les cheveux, les filles dominaient complètement le type rondouillard qui les accompagnait. L'homme mâchouillait un gros cigare tout en comptant une liasse de billets. Deux filles, habillées comme la petite Dorothée du *Magicien d'Oz*, dépassèrent le groupe tandis qu'une bande de garçons en chemises hawaïennes accostaient les mannequins pour tester leur baratin de dragueurs.

— Moi, je trouve ça plutôt cool, pas vous ? observa Paige.

Elle respira avec plaisir l'air frais de la nuit et continua à observer le spectacle de la rue. Des grappes de touristes se déplaçaient d'un casino à l'autre avec à la main des seaux en plastique qui contenaient leurs gains. Les gens s'arrêtaient ici et là pour montrer du doigt toutes les curiosités des casinos à leurs amis : l'immense bateau pirate de l'Île au Trésor, les énormes colonnes du César Palace.

Paige sourit. C'est vrai, chaque casino était plus fantastique que l'autre. Elle avait vu des centaines de documentaires sur Las Vegas, mais, franchement, aucun ne rendait justice à cette ville fabuleuse. Et malgré le nombre de touristes, la ville était d'une propreté irréprochable. Aucun détritus par terre, aucun graffiti sur les murs !

Soudain Phoebe saisit le bras de Paige.

— Ooooh ! Regardez ça ! Petit déjeuner à volonté pour un dollar quatre-vingt-dix-neuf ! Vous vous rendez compte ?

— Ce n'est pas possible ! fit Paige.

Elle quitta un instant la route des yeux pour observer l'immense néon rose. En fait, les offres de menus à prix dérisoires étaient innombrables. L'appétit de Paige se fit plus pressant : le minuscule plateau-repas qu'on lui avait servi dans l'avion n'était plus qu'un souvenir.

— J'ai l'impression qu'on va prendre une taille de vêtements si on reste ici trop longtemps, déclara Piper, mi-figue, mi-raisin.

Les trois sœurs éclatèrent de rire. Le feu passa au rouge et Paige s'arrêta. Elle se trouvait au carrefour des quatre plus grands casinos du Strip. Sur sa gauche, se dressait le MGM, comme une grande émeraude de plusieurs étages. Sur sa droite se tenait l'Excalibur. Celui-là était encore plus beau que les autres : il y avait un grand château blanc avec des tourelles multicolores et un magicien, sans doute Merlin l'Enchanteur, se penchait à l'une des plus hautes fenêtres. Paige se mordit les lèvres. C'était comme dans ses vieux livres de contes... Pourvu que ses sœurs acceptent de prendre des chambres là !

— Paige, je dois reconnaître que choisir une décapotable était une idée géniale ! confia Piper en s'étirant.

Le visage tourné vers le ciel, elle laissa échapper un long soupir.

— Cela fait des semaines que je ne me suis pas sentie aussi bien. Même si je sais que ce kidnappeur de sorcières rôde dans les parages.

Paige jeta un coup d'œil dans le rétroviseur et retint un « Je te l'avais bien dit ! » Mieux valait remercier en silence les esprits qui avaient poussé ses sœurs à jouer le jeu… Car cela n'avait pas été si simple. Les dernières heures avant le départ, Piper s'était montrée tellement grognon que Paige avait cru que le projet allait tomber à l'eau. La jeune femme avait même envisagé de se téléporter en Alaska pour oublier cette histoire.

— C'est fantastique, Piper ! lança-t-elle. Je suis contente que ça te plaise.

Le feu passa au vert et Paige redémarra.

— Hé, les filles ! s'exclama Phoebe. Regardez !

Paige tourna la tête. Ça alors ! Une parfaite réplique du cabaret du film *New York, New York*… Il y avait une copie du pont de Brooklyn, une mini-statue de la Liberté et un Empire State Building. Une espèce de montagne russe contournait l'immeuble. Un wagonnet apparut soudain dans un roulement de tonnerre : à l'intérieur, certains passagers riaient et d'autres hurlaient de terreur.

— C'est génial ! fit la jeune sorcière. Vraiment trop cool ! Je vais venir m'installer ici.

Piper lui tendit alors la fiche de renseignements envoyée par le Sabbat des Sorcières.

— Je me demande dans quel casino ils ont retenu nos chambres. Ils parlent d'un logement quatre étoiles. Vous croyez qu'on va avoir droit à une masseuse ?

— Probablement, se réjouit Paige en jetant un coup d'œil sur le plan. Et peut-être même qu'il y aura des baignoires à bulles dans les chambres !

Phoebe baissa le pare-soleil, sortit son rouge à lèvres de son sac et retoucha son maquillage.

— Il n'y a rien à dire, ces gens-là savent vraiment vivre...

Paige étudia à nouveau les indications et s'engagea dans une artère secondaire. Elle fronça les sourcils. C'était étrange. Tous les grands casinos se trouvaient sur le Strip, alors pourquoi s'en éloignait-on ? Elle jeta un coup d'œil dans le rétroviseur. Les yeux fermés, Piper profitait du vent sur son visage. Ce n'était pas plus mal... Si elle avait vu où elles se dirigeaient, elle se serait mise dans tous ses états.

Paige tourna de nouveau et observa les environs. Elle n'était encore qu'à quelques centaines de mètres du Strip, il pouvait encore y avoir un grand hôtel par là ou un autre casino. Le papier mentionnait bien « quatre étoiles » !

Phoebe quitta un instant des yeux le miroir du pare-soleil.

— Hé ! Il fait vraiment sombre, ici ! Où est-ce que tu nous emmènes, Paige ? Où est la ville ?

— Euh... je ne sais pas, hésita Paige. Je ne fais que suivre les indications de ce papier.

Piper s'avança entre les sièges de ses sœurs.

— Tu es sûre ? Il n'y a rien du tout, ici !

Paige se mordit la lèvre et continua à rouler. Les lampadaires se faisaient de plus en plus rares. Il ne fallait pas s'affoler mais Piper avait raison. De toute évidence, elles étaient sorties de la ville. Paige secoua la tête. Quel genre d'hôtel quatre étoiles pouvait être perdu dans cet endroit désert ?

Phoebe se retourna. Les lumières de la ville s'éloignaient.

— C'est bizarre…

— Nous devrions peut-être faire demi-tour, suggéra Piper, et reprendre le plan depuis le début.

— Vous exagérez, les filles ! protesta Paige. Je sais tout de même suivre des indications !

— Oui, mais tu as dû faire une erreur quelque part. Sinon, on ne se retrouverait pas en plein désert !

Paige ne répondit rien. Piper avait sans doute raison. Elle s'apprêtait à faire demi-tour quand elle remarqua une ombre sur le côté de la route, loin devant elle.

— Un instant ! Il y a un panneau là-bas ! Oui, je pense que c'est là qu'il faut tourner.

Paige arrêta la voiture devant un grand écriteau planté à l'entrée d'un chemin de terre et alluma les phares. Quand elle vit ce qui était peint sur les planches défraîchies, son estomac se noua.

— « Bienvenue au Campement du Désert », lut Phoebe d'une voix incrédule. « Le seul camping quatre étoiles de Las Vegas ».

Elle aperçut un bout de papier punaisé au bas de la pancarte.

BIENVENUE AU SABBAT DES SORCIÈRES !

— On va dormir dans un camping ? s'offusqua Piper.

Paige se retourna vers ses sœurs. Deux paires d'yeux la foudroyèrent. Heureusement que Piper ne possédait pas le pouvoir du regard qui tue...

— Quand on y réfléchit, ce n'est pas idiot, tenta Paige avec un sourire timide. Le rite Wicca consiste en partie à être en communion avec la nature et... honnêtement, je pense que c'est quelque chose que nous ne faisons pas assez souvent.

— Belle pirouette, Paige ! railla Phoebe. J'espère qu'il y a au moins des toilettes, là-dedans, sinon j'appelle Léo pour qu'il me téléporte immédiatement à la maison.

— Et moi je peux oublier la masseuse ! décréta Piper.

Sans un mot, Paige s'engagea sur le chemin sinueux qui menait au campement. L'enthousiasme du début de voyage avait pris fin pour de bon.

Piper, Paige et Phoebe marchaient sur le chemin cahoteux derrière Marcia Farina, la coordinatrice du Sabbat. Phoebe pestait. Si au moins on l'avait prévenue que ce serait du camping ! Elle aurait mis un pantalon large et des baskets au lieu d'une jupe longue et de talons hauts. Et elle aurait pris un sac à dos plutôt que cette fichue valise à roulettes !

Le petit groupe passa devant de grandes tentes kaki où quelques groupes de Wiccas discutaient. Phoebe salua poliment, mais le cœur n'y était pas. Elle se sentait décalée, sans recours. Ce qui était curieux en somme, puisque ses sœurs et elle devaient être les seules véritables sorcières de ces lieux.

Marcia se retourna et leur sourit.

— Je suis tellement contente que vous ayez pu venir !

Phoebe la regarda avec suspicion. La coordinatrice affichait un sourire trop grand pour être honnête. Le vent du désert ébouriffait ses courts cheveux noirs, mais elle ne semblait pas s'en préoccuper. Elle sautillait gaiement, son bloc-notes à la main. Phoebe soupira. Autant d'énergie aurait pu stimuler Phoebe, mais là, elle ne ressentait que de la nervosité. En fait, pour une femme mûre, Marcia était plutôt du genre foldingue.

— Vous savez, continua Marcia, il y a tant de personnes qui ont annulé à la dernière minute, cette année, que je me suis même demandé si ce sabbat pourrait avoir lieu !

— Et pourquoi les gens ont-ils annulé ? demanda Phoebe.

Puis elle pinça les lèvres et se tut. Elle était sûre de connaître la réponse… Elle tira brutalement sur la poignée de sa valise et accéléra. Pourvu que cette tente, qui allait faire office d'hôtel de luxe pour les prochains jours, ne soit plus trop loin !

— Oh… quelques enlèvements, répondit Marcia avec un geste évasif de la main. Certains pensent que le rassemblement est une occasion idéale pour le kidnappeur. Vous avez entendu parler de ces enlèvements, n'est-ce pas ?

Piper réajusta la sangle de son sac qui lui labourait l'épaule.

— En effet…

— Et vous n'êtes pas inquiètes ?

Piper jeta un coup d'œil à ses sœurs avant de répondre.

— Eh bien… Disons que nous sommes assez grandes pour nous défendre toutes seules.

Marcia éclata de rire.

— Tant mieux ! C'est bien de ne pas se laisser intimider. Si on a peur, les méchants ont déjà gagné la partie, pas vrai ?

— Sans doute, reconnut Phoebe en s'efforçant de sourire.

Marcia s'arrêta devant une immense tente basse de plafond.

— Bon, ceci est le réfectoire ! Les horaires des repas sont indiqués sur le programme que je vous ai remis.

Piper sourit. C'était déjà ça. Elle n'aurait pas à faire la popote sur un camping-gaz.

— On continue ? suggéra Marcia.

Elle redémarra au pas de course et Phoebe reprit sa valise en maugréant. Un peu plus loin, Marcia désigna les cabines de douches et les W.-C. Phoebe commença à se détendre un peu. Ce n'était certes pas le grand luxe dont elle rêvait, mais au moins il y avait des équipements sanitaires. Finalement, ce séjour ne serait peut-être pas si pénible…

Marcia s'arrêta devant une grande tente kaki.

— Nous y voici ! Tente numéro trente-deux !

Paige examina la tente. Avec son ossature en bois et ses piquets solidement arrimés au sol, elle avait l'air à la fois résistante et pimpante.

Phoebe jeta un coup d'œil à Paige et à Piper.

— Allez-y ! Entrez les premières !

— C'est Paige qui devrait entrer en premier, ironisa Piper. Après tout, c'était son idée !

Paige haussa les épaules.

— Eh bien, tu vois, c'est exactement ce que je vais faire !

La jeune femme poussa alors la tenture de la porte et pénétra dans la tente d'un pas décidé. Phoebe et Piper entendirent quelques bruissements, un « Ouille ! » étouffé, et un instant plus tard, la tente s'éclaira.

L'éclairage fonctionnait, un bon point !

— Hé ! Mais ce n'est pas mal du tout ! cria Paige.

Phoebe entra à son tour et sourit. La tente était spacieuse et propre. Certes, le sol était de terre battue mais, dans chacun des lits de camp, la taie d'oreiller et les draps étaient immaculés. Paige avait allumé une lanterne au fond de la tente et deux autres lampes éclairaient les coins opposés.

Phoebe se dirigea vers un des lits et y hissa péniblement sa valise. Le lit couina et se plia un peu au centre. Phoebe soupira. Ce n'était pas étonnant, vu le poids de sa valise ! Mais difficile d'emporter moins de choses quand on prévoit à la fois une vie mondaine dans de superbes casinos et des bagarres contre les démons !

— Je vous remercie encore d'être venues, conclut Marcia. Si vous avez des questions, venez me voir ou adressez-vous à Ryan Treetop. C'est le propriétaire du camping et nous partageons le même bureau. On se retrouve à la soirée d'accueil ? Ah… et n'oubliez pas de me prévenir si vous voulez adresser un message particulier au nom de votre groupe durant la cérémonie du Renouvellement de la Foi.

Phoebe se tourna vers ses sœurs. Elles étaient figées sur place. Puis la jeune femme regarda Marcia.

— La cérémonie du Renouvellement de la Foi ?

Marcia revint sur ses pas et considéra les trois sœurs d'un air surpris. Paige se mordit les lèvres. Évidemment, ceux qui venaient à ce Sabbat étaient censés savoir ce qu'était un Renouvellement…

— Hum… Que voulez-vous exactement dire par « message particulier » ? continua Phoebe.

— Je croyais que vous connaissiez la tradition… répliqua Marcia d'un air agacé.

Phoebe baissa la tête. Elle se sentait comme une élève qui aurait donné la mauvaise réponse en classe.

— Chaque année, reprit Marcia, durant le Sabbat des Sorcières, les Wiccas se rassemblent pendant la nuit du solstice d'été. Là elles renouvellent leur vœu d'obéissance à la Règle Wicca, à la Déesse et au Dieu Cornu.

Piper laissa échapper un petit gloussement et Phoebe lui jeta aussitôt un regard noir. Si elle continuait, Marcia allait s'imaginer qu'elles se moquaient d'elle, et de ça, il ne pouvait être question ! Les *Charmed* devaient s'identifier au mieux à une assemblée Wicca et jouer le jeu à fond.

Piper se mit alors à tousser puis sortit de son sac une petite bouteille d'eau.

— Désolée ! J'ai la gorge fragile, et l'air sec ne me réussit pas.

Elle but une longue gorgée d'eau. À moitié convaincue, Marcia fit la moue puis se tourna vers Phoebe.

— Chaque groupe propose un message personnel qui est lu à haute voix durant la cérémonie. C'est un moment solennel et très émouvant.

— Je vois, répondit Phoebe en souriant.

Elle jeta un coup d'œil à Piper. Sa sœur allait éclater de rire d'un instant à l'autre. Phoebe saisit son poignet pour tenter de la calmer.

— Je vais écrire quelques mots dès que j'aurai une minute…

— Merci, murmura Marcia soulagée.

Elle lança ensuite un coup d'œil réprobateur à Piper, tourna les talons et sortit de la tente.

Phoebe lâcha alors le poignet de Piper et l'aîné des Halliwell partit aussitôt dans un fou rire.

— Je crois que je me suis fait mal voir par Marcia !

— J'ai trouvé ça assez mal élevé de ta part, gronda Paige, les mains sur les hanches.

— Toi, tu n'as pas intérêt à m'adresser la parole ! Tu as entendu ça ? Le Dieu Cornu ! Mais dans quoi tu nous as entraînées, Paige ?

Paige haussa les épaules d'un air contrit.

— Euh… Je suis en train de lire un bouquin spécialisé sur les Wiccas, mais je ne suis pas encore arrivée au Dieu Cornu.

— Bon, ne perdons pas de vue que nous sommes ici dans un but bien précis, intervint Phoebe. Nous ne sommes peut-être pas dans les paillettes de Las Vegas, mais en un sens, c'est mieux comme ça. Au moins nous pourrons nous concentrer sur le kidnappeur, pas vrai ?

— Tu as raison, approuva Piper. Je vais faire un effort.

— Merci, Piper ! rétorqua Phoebe en riant. Je vois que tu deviens raisonnable…

Phoebe se pencha sur sa valise.

— Je propose qu'on se change et qu'on aille à ce pot d'accueil pour glaner quelques informations.

CHAPITRE 5

Phoebe enfila un cardigan rose fluo sur son débardeur.

— Tout le monde est prêt ?

Paige, qui mettait ses baskets, étouffa un bâillement.

— Ce vol m'a épuisée. Franchement, quelle drôle d'idée d'organiser un pot d'accueil à minuit !

Piper attacha ses cheveux en queue de cheval et se dirigea vers la porte.

— Dis donc ! Je te rappelle que c'est toi qui voulais en apprendre davantage sur les Wiccas. Souviens-toi que ce sont avant tout des noctambules.

— Ha, ha… très drôle !

Les trois sœurs sortirent l'une après l'autre de la tente.

— Comment allons-nous savoir où se trouve le…

La question de Phoebe s'évanouit dans sa gorge. Des dizaines de personnes se glissaient hors des tentes et se dirigeaient vers une lumière incroyablement puissante. Une odeur de fumée et d'encens montait dans l'air et on entendait le crépitement d'un énorme feu.

— Laissez tomber, avoua-t-elle. Je crois que je sais !

Les trois sœurs avancèrent le long du chemin qui sinuait entre les tentes. En marchant, Phoebe observait les Wiccas. Ils semblaient tous regroupés en communautés. Les femmes qui avançaient devant elle portaient des robes blanches aussi fines que de la gaze et elles avaient accroché des fleurs dans leur chevelure. Elle se retourna. Juste derrière elles, une bande de hippies bruyants en jeans coupés au ras des mollets chantaient sur un air ancien. Il était question de lune et d'étoiles.

Phoebe regarda ses sœurs. Elles n'étaient pas vraiment assorties l'une à l'autre ! Piper portait un jean et un pull décolleté en V, Paige un pantalon treillis argenté avec un T-shirt rouge vif et elle-même un corsaire à fleurs et un débardeur qui laissait apparaître son nombril.

— Nous aurions peut-être dû réfléchir à un déguisement commun…

— Oui, par exemple un T-shirt avec « *Les Charmed* » écrit en fluo ! répondit Piper dans un éclat de rire.

Phoebe et ses sœurs arrivèrent au feu de bois. Là un important groupe de jeunes femmes, toutes vêtues de noir, déboula sur la droite et leur coupa la route. Elles arboraient sur le visage le même air irrité.

— Ils ne nous ont même pas donné un endroit pour accrocher nos vêtements, marmonna une fille aux cheveux rouges.

Piper haussa les épaules, laissa passer les maniaques du vêtement de deuil puis dépassa les deux dernières tentes. Là la jeune femme resta figée sur place, submergée par la chaleur. Elle plissa les yeux. Le bûcher, en forme de pyramide, était encore plus grand qu'elle ne l'avait cru. Avec ses flammes qui s'élevaient jusqu'au ciel, on aurait dit un volcan en éruption !

— C'est incroyable le monde qu'il y a ici ! murmura Paige en observant les groupes qui bavardaient et riaient autour du feu. Marcia avait pourtant dit que beaucoup de communautés avaient annulé.

— Oui… mais c'est sans doute extrêmement branché d'être Wicca en ce moment, railla Piper. Je suppose que tout le monde commence à s'y mettre !

Paige fronça les sourcils.

— Allons, Piper, intervint Phoebe, ne sois pas médisante !

— Désolée, reprit Piper en souriant. Et si nous partions chacune de notre côté ? Nous pourrions ratisser plus large.

Phoebe hocha la tête. Elle n'avait aucune envie de se retrouver au milieu d'une prise de bec entre ses sœurs… Elle pointa le doigt vers la droite.

— Excellente idée ! Moi, je pars par là. Bonne chance, les filles !

Phoebe commença à se frayer un chemin entre les spectateurs. C'était incroyable, les communautés restaient hermétiques. N'était-ce pas une soirée de retrouvailles et d'accueil ? Le but était bien de se rencontrer, de faire de nouvelles connaissances, d'échanger des idées, non ? C'était en tout cas ce que le dépliant promettait…

La jeune femme haussa les épaules. Ces gens avaient vraiment besoin d'apprendre à se comporter en société !

Un sifflement arrogant parvint à ses oreilles. Phoebe s'arrêta. Quelqu'un s'intéressait enfin à elle. Elle serra les dents et réfléchit : c'était l'occasion de faire connaissance. Elle prit donc une longue inspiration et se retourna lentement. Une bande non négligeable de beaux gosses se tenait devant elle. Tous habillés comme s'ils sortaient d'un bar branché de New York. Les chemises blanches et les pantalons gris à pinces étaient impeccablement repassés, et les chaussures avaient été cirées avec soin.

L'un d'entre eux, à l'allure de grand dieu grec, se détacha du groupe et la toisa d'un regard perçant. Phoebe leva les yeux au ciel.

— C'est moi que vous venez de siffler ?

— Oui, ma jolie ! affirma le jeune homme. Vous et seulement vous !

— Et c'est efficace, votre truc ?

Le type la dévisagea d'un air suffisant.

— La preuve : vous vous êtes arrêtée, non ?

— C'était juste pour savoir quelle était la taille de votre cervelle ! répliqua Phoebe.

Et elle battit outrageusement des cils pour faire bonne mesure. Les autres garçons se mirent à rire et à siffler.

— Comment vous appelez-vous, jolie fille ?

— Phoebe. Et vous ?

— Craig. Je suis le grand prêtre de cette communauté.

— Ah, voilà qui explique tout…

— Qui explique quoi ? s'inquiéta le jeune homme.

— Votre problème d'ego ! répondit Phoebe avec un rire sarcastique.

Craig pencha la tête sur le côté.

— Bien joué, Phoebe ! Et si vous vous joigniez à nous ?

Phoebe se tourna vers les autres garçons. Ils la dévoraient tous des yeux… Peu importe, c'était le moment d'attaquer sa recherche d'informations.

— Alors, vous avez entendu parler des enlèvements ? C'est terrifiant, non ?

— Oui, mais nous ne sommes pas inquiets, répondit un grand Noir. Qu'il essaie seulement de s'en prendre à nous !

Et il retroussa les manches de sa chemise.

— C'est vrai ! renchérit un beau brun aux cheveux longs. Comme vous pouvez le remarquer, on est plutôt nombreux !

— Et surtout diablement puissants, ajouta un autre. De toute façon, nous avons dédié nos vies au Dieu Cornu. Il nous donnera sa force en recours.

Phoebe resta muette. Qu'est-ce qu'elle aurait bien pu dire ? Comment expliquer que, face à un warlock ou à un démon, ce n'était pas en rendant hommage au Dieu Cornu qu'on sauvait sa peau ?

Craig s'approcha d'elle.

— Parlons plutôt de ce qui est vraiment important. Par exemple d'un endroit où nous pourrions être tranquilles tous les deux.

Phoebe recula de deux pas. Ce type puait l'alcool. Il fallait qu'elle s'en débarrasse, et vite ! Elle imagina l'expression terrorisée qu'il prendrait si elle l'envoyait valser par-dessus le feu. Elle se contenta donc de lui mettre sa bague de fiançailles sous le nez.

— Désolé, Craig, mais je suis déjà prise !

Le jeune homme s'approcha encore plus près.

— Et alors ? Ce rassemblement est parfait pour les aventures de quelques jours.

Phoebe recula d'un pas.

— Bon, je sens que je ne vais pas m'attarder… Je ne vous dis pas à bientôt…

Et elle tourna les talons. Elle aurait volontiers pris une douche bien chaude pour se débarrasser du souvenir de ce sale type. Pourvu que tous les hommes de cette assemblée ne soient pas des coureurs comme ce Craig, sinon ses sœurs et elle allaient passer des moments pénibles !

— Phoebe ! Phoebe ! cria une voix. Attendez une seconde !

Elle frémit mais continua à avancer. C'était sans doute Craig qui revenait à la charge... Elle allait avoir du mal à se maîtriser s'il la harcelait de nouveau. La jeune femme serra son poing gauche, celui qui portait sa bague de fiançailles. Si seulement Cole avait pu être là...

— Phoebe !

Celui qui la suivait la doubla et se planta devant elle. Elle s'arrêta et leva les yeux. Un beau jeune homme avec des cheveux noirs coupés court et des yeux bleus très doux se tenait devant elle. Elle regarda sa tenue. Il appartenait de toute évidence à la communauté des types qu'elle venait de rencontrer, mais il semblait d'une autre trempe que Craig.

— Écoutez, commença le jeune homme, je suis vraiment désolé pour l'attitude de Craig. Je voulais simplement vous dire que nous ne sommes pas tous comme ça. Vous n'avez pas à avoir peur.

— Ne vous en faites pas ! Je ne suis pas partie parce que j'avais peur, mais pour éviter d'infliger une correction à cet arrogant personnage.

Le jeune homme éclata de rire.

— Je comprends. Ça m'arrive aussi... Mais à la réflexion, j'aurais presque préféré que vous lui donniez une bonne leçon. Oublions cela !

Et il lui tendit la main en souriant.

— Je m'appelle Christian. Craig et moi partageons la charge de grand prêtre. Nous formons une espèce de Docteur Hill et Mister Jake, à la fois le bon et le mauvais Wicca.

Phoebe sourit et serra la main du jeune homme.

— Ravie de faire votre connaissance, Christian. Merci d'être venu arrondir les angles.

— Tout le plaisir était pour moi. On se reverra sûrement.

Et il repartit vers son groupe.

Phoebe le suivit des yeux et son esprit se mit aussitôt en action. Si Christian et Craig étaient les grands prêtres de leur communauté, ils constituaient des proies idéales pour le kidnappeur. Surtout si leur communauté était aussi puissante que l'avait laissé supposer le type aux yeux perçants...

— Christian !

Le jeune homme se retourna, l'œil interrogateur. Phoebe fit quelques pas vers lui.

— Écoutez... vous devriez être prudents. On dirait que ce ravisseur enlève le membre le plus puissant de chaque communauté. Craig et vous devez être en tête de sa liste.

Christian croisa les bras, l'air sombre.

— Le membre le plus puissant ? Vraiment ? C'est intéressant...

— Si on veut. Maintenant vous êtes prévenus.

Et elle s'éloigna avant qu'il ne puisse poser une question. Il lui était impossible de lui expliquer d'où elle tenait cette information. Elle n'allait quand même pas lui parler de sa collaboration avec la police, la rumeur ferait le tour du campement. Paige, Piper et elle devaient garder profil bas.

— Merci pour le tuyau, Phoebe ! lança Christian.

Sans se retourner, elle fit un petit signe de la main et se laissa engloutir par la foule.

— T'es plutôt cool, dit Jasmine Black en passant la flasque d'alcool à Paige. Je suis contente que tu sois venue ici.

— Euh… moi aussi, répondit Paige.

Et sans boire une goutte, elle passa la flasque à la fille aux cheveux rouges qui était assise à côté d'elle. Pas question de perdre le contrôle de soi. En tout cas pas tant que ce cinglé de kidnappeur était dans les parages. La fille à la tignasse rouge, elle, prit une longue rasade puis la fixa.

— Tu n'es pas comme tous les ringards qui sont là !

Paige ne put s'empêcher de sourire. Jasmine et ses amies avaient au moins le mérite de la distraire.

Quand elle avait commencé à faire le tour du campement, Paige était passée devant un groupe pris dans un rite étrange, puis devant une bande moyenâgeuse qui dansait comme des sauvages autour d'un joueur de luth. Paige n'en avait pas cru ses yeux. C'était comme si les cauchemars de Piper se réalisaient. Sa sœur avait peut-être eu raison depuis le début... Elle n'apprendrait rien de ces illuminés.

Les rires presque hystériques de ses voisines la sortirent de ses réflexions. Les filles de Goth lui rappelaient ses amies du lycée : excitées, provocantes, bruyantes !

Jasmine repoussa les longues boucles noires de son visage.

— Alors, elle est où, ta communauté ?

Paige regarda la jeune fille. Elle avait un piercing au nez. La pierre rouge contrastait avec la blancheur de son teint. C'était comme une goutte de sang sur de la neige. Était-ce la couleur naturelle de sa peau ? Ou bien utilisait-elle un fond de teint très blanc ? Dans cette étrange lumière où dansaient des ombres inquiétantes, comment le savoir...

— Oh, en fait, nous avons décidé de nous séparer pour faire la connaissance d'autres gens, assura Paige d'un air détaché.

— Avec nous, tu es bien tombée ! lança Jasmine, dédaigneuse. Je ne vois d'ailleurs pas pourquoi tu aurais envie de rencontrer tous ces autres frimeurs. Ce rassemblement n'est pas du tout ce que j'imaginais. Personne ici ne détient de véritable pouvoir !

Paige se pinça les lèvres. Si elles le voulaient, les *Charmed* montreraient à ces filles de véritables pouvoirs. Comment réagirait sa voisine si elle se téléportait devant ses yeux, si Piper pulvérisait un objet ou si Phoebe faisait une démonstration de son coup du ninja ?

— Et vous, les filles… vous avez… je veux dire…

— Des pouvoirs ? termina Jasmine. Et comment ! D'ailleurs on hésite à montrer à ces paumés de quoi on est vraiment capables parce que…

— On risquerait de les faire fuir… renchérit Cheveux rouges.

Elle donna un coup de coude dans les côtes de Paige et partit d'un rire tonitruant, aussitôt suivie par les autres filles.

— Sérieusement, intervint Sarah, la fille assise à gauche de Jasmine. Je parie que la plupart de ces gens ne savent même pas tracer un cercle magique ou des runes. Je parie qu'ils ne connaissent pas non plus la couleur de la bougie qu'il faut pour une cérémonie de purification.

— Ou comment se procurer de bons gaillets accrocheurs, ajouta Cheveux rouges en ricanant. Ils ne savent probablement même pas ce qu'est un gaillet accrocheur.

Les autres filles éclatèrent d'un rire méprisant. Paige se contenta de sourire. Pour qui se prenaient-elles ?

Un cri s'éleva du groupe derrière elles. Jasmine et Paige se retournèrent en même temps. La bande de hippies s'esclaffait. Ses membres écoutaient chanter un type aussi barbu qu'un guitariste des ZZ Top. Assise par terre, une femme jouait de la guitare devant quelques fans hagards. Puis le barbu se mit à danser comme un vieil ours.

— Pouah ! Mais regarde-les ! grimaça Jasmine. Ils sont pathétiques !

Paige fronça les sourcils. Pourquoi cette fille se permettait-elle de tels commentaires alors qu'elle et ses amies étaient de parfaites caricatures de sorcières ? Avec leurs tenues noires, leurs piercings et leurs tatouages en forme de pentagramme, elles avaient l'air d'avoir fait les soldes de déguisements après Halloween !

— Avez-vous entendu parler de ces enlèvements ? demanda Paige en observant les visages de ses voisines.

— Oui ! répondit Jasmine. Encore un psychopathe !

— Psychopathe, peut-être, mais intelligent. Seize enlèvements et il court toujours...

Jasmine fronça les sourcils.

— Ça a l'air de t'inquiéter.

— Pas toi ? s'étonna Paige.

Jasmine haussa les épaules.

— Pas vraiment... La seule chose qui puisse m'inquiéter, ce sont ces hippies fêlés... Quelle pitié ! Parce que nous, contrairement à eux, nous avons de véritables pouvoirs. Nous saurons nous défendre contre ton psychopathe !

Paige resta silencieuse. Ces fameux pouvoirs, c'était justement cela qui l'inquiétait...

— Écoute, je vais aller retrouver mes… ma communauté, dit Paige. Mais toi, fais attention si tu vois un truc bizarre, d'accord ?

— Merci du conseil, railla Jasmine. Ne t'inquiète pas pour nous ! Ce n'est sûrement qu'un allumé ! Les flics s'en occuperont.

— Oui… quand ce sera trop tard…

Paige s'éloigna en soupirant. Ah ! Si Jasmine avait raison… Ce serait tellement plus simple s'il s'agissait d'un kidnappeur en série banalement humain.

— Tu as une aura superbe !

Piper s'arrêta d'un coup. La vieille femme qui courait vers elle avait de longs cheveux gris, des yeux bleus étrangement écarquillés, une robe en gaze rose et blanc et une couronne de fleurs. Elle fixait avec insistance quelque chose autour de la tête de Piper.

La femme tendit la main et caressa l'air autour du visage de Piper.

— Des couleurs tellement douces…

— Super ! répondit Piper. Merci beaucoup !

Elle recula d'un pas. Elle était complètement givrée, celle-là !

— Oh, mais il y a aussi de la colère ! ajouta soudain la vieille d'un ton sérieux. Si, si, vous avez des spirales noires autour de vous. Cela veut dire qu'il y a de la vilaine colère qui rôde.

— Oui, c'est ça…

Piper leva les yeux au ciel. Cette femme comprenait-elle seulement que c'est elle qui la mettait en colère ?

— Vous devriez vraiment faire quelque chose pour nettoyer tout ça. Venez avec moi. J'ai dans ma tente des plantes qui pourraient vous être utiles.

— Non, merci. Je crois que ces spirales noires sont un signe de bonne santé mentale.

La femme resta un instant à réfléchir et Piper s'éclipsa en maugréant. Y avait-il ici une seule personne saine d'esprit ou digne d'intérêt ? Elle commençait à en douter... Cela faisait plus d'une demi-heure qu'elle passait d'un groupe à l'autre sans avancer dans sa quête.

Une rangée d'excités passa devant Piper en esquissant une sorte de danse conga spirituelle. La jeune femme s'écarta. Sans doute valait-il mieux abandonner pour ce soir et retourner à la tente. D'ailleurs, avec ce feu de camp, elle risquait d'attraper un coup de soleil géant !

Piper fit demi-tour et reprit le chemin qui menait à la tente 32. Une crème hydratante et une longue nuit de sommeil, voilà ce qu'il lui fallait ! Elle approchait de sa tente quand soudain elle remarqua deux jeunes femmes plongées dans une discussion animée. Elles avaient des cheveux courts et portaient des jeans et des sweat-shirts. Piper sourit. Finalement, peut-être y avait-il quelques personnes normales dans cette assemblée !

Piper avança vers les filles et entendit l'une d'elles renifler. Elle s'arrêta : pas question de s'immiscer dans une conversation privée... Il serait peut-être plus avisé d'attendre le lendemain. Elle allait reprendre la direction de la tente quand la plus grande des deux filles leva les yeux sur elle et sourit. Alors Piper s'approcha d'elles.

— Bonjour, dit-elle avec un petit signe de la main. Tout va bien ?

— Oui, marmonna la fille en croisant les bras.

L'autre fixait le bout de ses chaussures.

— Tout cela ne m'a pas l'air très convaincant, dit Piper. Je m'appelle Piper Halliwell.

La grande fille lui serra la main et Piper en profita pour l'observer. Elle avait des cheveux légèrement plus raides et plus longs que sa voisine, mais elles avaient les mêmes yeux très clairs.

— Je suis Tessa Conners et voici ma sœur Taryn.

Piper se tourna vers Taryn et eut un geste de recul. Apparemment la jeune fille ne s'était pas lavé les cheveux depuis longtemps. Puis Piper frissonna : les yeux de Taryn étaient remplis d'un profond chagrin.

— Taryn, il y a quelque chose qui ne va pas ?

— Nous ferions mieux de vous le dire, lâcha Tessa.

Et elle consulta sa sœur du regard. Taryn acquiesça d'un léger signe de la tête.

— Vous avez entendu parler des enlèvements ? continua Tessa. Eh bien, notre petite sœur Tina en est l'une des victimes.

— Oh, mon Dieu ! souffla Piper.

Elle désigna alors un tronc d'arbre à côté d'une tente.

— Si nous allions nous asseoir un instant ?

Les trois jeunes femmes avancèrent vers le banc de fortune. Taryn était très frêle, fragile même. Piper fronça les sourcils. À quand remontait le dernier repas de cette gamine ?

— Depuis combien de temps votre sœur a-t-elle disparu ? s'enquit Piper. Enfin, si cela ne vous ennuie pas d'en parler...

Tessa prit la main de Taryn.

— Cela fait bientôt trois semaines, Nous sommes venues à ce Sabbat seulement parce que Tina voulait y participer. C'est Tina qui nous a entraînées dans la règle Wicca. Elle était bien plus impliquée que nous.

Tessa jeta un coup d'œil vers le feu de camp.

— Nous ne nous rendions pas compte combien cela serait pénible... De toute façon, si nous étions restées à la maison à attendre des nouvelles, nous serions devenues folles.

Piper hocha la tête. Ce que ces filles devaient ressentir était terrible. Leur sœur se trouvait quelque part, sans aide, ou même pire, elle était déjà morte...

— Elle aurait adoré être ici, commenta Taryn.

Piper baissa la tête et frissonna. Non seulement le kidnappeur avait privé une communauté de son membre le plus puissant, mais il avait aussi brisé une famille. Puis la jeune femme leva les yeux et sursauta. Paige était là, à quelques mètres, et elle bavardait avec l'une des femmes habillées en blanc. Piper hocha la tête. Paige était sa sœur et elle l'aimait. Il fallait qu'elle cesse de la taquiner. Elle se devait aussi d'aider Tessa et Taryn à découvrir ce qui était arrivé à leur jeune sœur.

— Nous allons la retrouver, annonça-t-elle doucement.

CHAPITRE 6

Le lendemain matin, Piper se leva, tenaillée par l'envie d'un café. Elle était en retard, et se sentait de mauvaise humeur. Quand elle s'était réveillée, une demi-heure plus tôt, Paige et Phoebe avaient déjà déserté leurs lits. Pourquoi ne l'avaient-elles pas tirée du sommeil ?

Piper se traîna péniblement vers le réfectoire. Ses cheveux collaient sur sa nuque. Malgré l'heure matinale, il faisait une chaleur insupportable. La jeune femme haussa les épaules. Inutile de rêver, ce n'était pas ici qu'elle allait trouver du thé glacé !

Piper poussa brusquement la porte du réfectoire. Le souffle frais de l'air conditionné l'accueillit en même temps qu'un niveau de décibels qui devait atteindre celui des concerts de rock. De longues tables étaient disposées dans la pièce mais toutes étaient déjà occupées. Résignée, Piper consulta son programme pour voir où elle devait s'asseoir.

— Hep ! À quelle table êtes-vous, ma petite dame ?

Piper sursauta et se retourna. Un grand gaillard aux cheveux noirs et au sourire parfait se tenait derrière elle. Il portait une chemise à carreaux, un jean, des bottes de cow-boy, et il tentait de lire par-dessus son épaule.

— Euh… vous êtes qui, vous ? demanda Piper.

Avant son premier café, il n'était pas question qu'elle se montre déjà polie ou aimable.

— Oh, désolé, s'excusa-t-il. Je suis Ryan Treetop, le propriétaire de cet établissement.

Et il lui tendit une main de taille assez impressionnante.

— Ravie de faire votre connaissance. Je m'appelle Piper Halliwell.

Elle s'éloigna légèrement et replongea dans sa feuille. L'énergie de ce type était difficile à supporter avant le petit déjeuner.

— Je suis à la 3, conclut-elle un instant plus tard.

— Parfait. C'est là-bas, sur la gauche. Je vous souhaite un bon appétit.

— Merci !

Piper avança vers la table numéro 3. Quatre gars étaient déjà installés, ils portaient des chemises bleues brillantes et des lunettes de soleil assorties.

— Salutations, honorable Wicca, commença l'un des hommes d'une voix monocorde.

— Salut ! dit Piper. Vous n'auriez pas aperçu deux filles brunes qui me ressemblent un peu ?

— Elles sont au buffet, répondit un autre type, d'une voix tout aussi atone. Elles se sont assises à l'autre bout de la table.

— Merci !

Piper passa devant les quatre hommes et en profita pour observer leurs assiettes. Elles étaient remplies d'œufs brouillés, de salades de fruits et de pains en tout genre, sans parler des carrés de beurre, des pots de confiture... Mais le café ? Où était le café ?

Piper s'installa au bout de la table. En face d'elle, deux assiettes remplies de muffins et de salade de fruits attendaient à côté d'un grand livre sur les Wiccas... Elle s'efforça de ne pas être de mauvaise humeur. Il fallait qu'elle se souvienne de ses bonnes résolutions. Se montrer gentille avec Paige... Mais pour cela, il lui fallait un café, et vite, sinon son côté grincheux allait reprendre le dessus.

Elle leva la tête. Paige et Phoebe approchaient. Piper faillit hurler de joie en voyant Paige apporter trois tasses fumantes. Que deviendrait-elle sans ses sœurs ?

— Bonjour ! lança Paige en posant une tasse devant Piper. Je pensais que tu aurais besoin d'un remontant.

— Merci, merci, merci mille fois !

Piper respira l'odeur réconfortante du liquide noir et prit un morceau de sucre.

— Au fait, pourquoi est-ce que vous ne m'avez pas réveillée ?

Phoebe et Paige échangèrent un regard et s'assirent en face d'elle.

— Eh bien… ce n'est pas faute d'avoir essayé ! commença Paige. Nous t'avons gentiment secouée et…

— Tu as menacé de nous désintégrer, poursuivit Phoebe. Alors, on a préféré ne pas insister !

Piper éclata de rire.

— Impossible !

— Bon, alors tu dormais vraiment, et ça, c'est une bonne chose, observa Paige en souriant. C'est donc ton subconscient qui parlait et dans ce cas, tu n'avais pas vraiment l'intention de nous tuer ! Mais je me demande comment Léo fait pour gérer ça tous les matins…

Phoebe pouffa puis engouffra quelques grains de raisin. Ensuite elle ouvrit le livre sur les Wiccas. Les yeux écarquillés, Piper la regarda faire. Elle aurait juré que le livre appartenait à Paige. Que se passait-il ? Phoebe avait-elle aussi décidé de passer dans le monde obscur ?

— Mais qu'est-ce qui te prend, Phoebe ?

— Oh, il faut que j'écrive ce truc pour la cérémonie. Alors j'essaie de savoir de quoi il retourne. C'est d'ailleurs assez intéressant…

Piper lança un coup d'œil à Paige. De toute évidence, sa jeune sœur attendait qu'elle fasse une sortie contre les Wiccas et leurs simagrées ridicules.

L'aînée des Halliwell se mordit les lèvres et se contenta de se servir quelques cuillerées de salade de fruits. Pourtant elle avait horreur de taire son avis quand elle était sûre d'avoir raison. Franchement, à quoi bon se donner la peine d'écrire quelque chose pour une cérémonie de pseudo-sorcellerie? Quand elle pensait au Mal qu'elle et ses sœurs devaient combattre chaque jour au péril de leur vie...

— Toujours est-il qu'aucun incident suspect n'est arrivé cette nuit, claironna Paige avec bonne humeur. En tout cas personne n'a rien signalé!

Piper soupira. Évidemment... Une personne douée de véritables pouvoirs ne se déplacerait pas dans une réunion aussi ringarde. Le kidnappeur était assez intelligent pour le savoir! En résumé, compte tenu de tous les dingos regroupés autour du feu de camp et de tous les frimeurs, ce plan ne serait qu'un superbe fiasco!

Paige mordit à pleines dents dans un muffin aux myrtilles.

— Tu vas bien Piper? Tu as l'air un peu tendue.

Piper baissa les yeux. Ne rien dire. NE RIEN DIRE. C'était difficile... Heureusement, Taryn et Tessa approchaient de leur table. Piper respira. Sauvée par le gong!

— Salut, Piper! lança Tessa en souriant. C'est drôle, nous sommes aussi à cette table!

— Salut, les filles! répondit Piper. Je suppose que c'est là qu'ils ont installé les petits groupes. Taryn, Tessa, je vous présente mes sœurs, Phoebe et Paige.

Tout le monde se salua et les sœurs Halliwell firent de la place aux nouvelles venues.

Piper observa ses deux nouvelles amies. Elles avaient meilleure mine que la veille au soir ! Taryn avait tiré ses cheveux en arrière. Elle était encore pâle mais semblait plus reposée que la veille. Et elle avait retrouvé l'appétit si on en jugeait par l'énorme assiette de salade de fruits qu'elle s'était servie.

Tessa se leva pour aller chercher du thé et Phoebe en profita pour reposer le livre sur les Wiccas.

— Piper nous a raconté pour votre sœur, commença-t-elle. Nous sommes désolées...

— Merci... balbutia Taryn en essayant de sourire. Elle nous manque beaucoup.

— Mais vous n'avez rien entendu la nuit de sa disparition ? demanda Paige. Rien du tout ?

Taryn jeta un coup d'œil vers Tessa qui revenait.

— Non, rien du tout. En fait, si cela ne vous ennuie pas, je préférerais ne pas aborder le sujet.

Piper sentit une boule se former au creux de son estomac. Elle posa sa main sur celle de Taryn.

— Bien sûr. Nous comprenons...

La jeune femme répondit par un grand sourire et Piper sentit son cœur fondre. C'était le premier vrai sourire qu'elle voyait chez Taryn.

— Tout va bien ? s'enquit Tessa en posant les tasses.

À ce moment, la porte du réfectoire s'ouvrit avec un bruit assourdissant. Un Noir, petit mais très musclé, déboula dans la salle, les yeux exorbités.

— Craig a disparu ! s'exclama-t-il.

Le silence envahit le réfectoire. Le nouvel arrivant chercha des yeux la table de sa communauté et se précipita. Piper le suivit du regard puis haussa les épaules. Avec leurs tenues impeccables, les membres de cette communauté ressemblaient davantage à des jeunes cadres de Wall Street qu'à des Wiccas. C'était sans doute les garçons dont leur avait parlé Phoebe la veille.

Debout près de sa table, le type balayait toute la salle des yeux. Il s'arrêta sur Tessa car elle était la seule personne debout, puis sur Phoebe. Là son visage se durcit.

— Où est Craig ? demanda-t-il.

— Je n'en ai aucune idée, lâcha Phoebe en se levant. Mais on va le retrouver.

— Oh, mon Dieu ! geignit Taryn, les larmes aux yeux. Ça recommence !

Piper posa la main sur l'épaule de la jeune fille. De son côté, Ryan Treetop s'était planté à côté de l'homme.

— Bon, que chacun garde son calme ! On va mettre un plan sur pied.

Piper ne quittait pas Ryan des yeux. Son visage était écarlate. Il se dirigea vers l'avant de la salle et intercepta Marcia Farina. Piper se pinça les lèvres. Cet incident pouvait avoir des conséquences financières désastreuses sur les affaires du camping.

À cet instant, à la table des agents de change, un grand homme aux cheveux châtains se leva et se tourna vers Phoebe. Son expression était à la fois inquiète et assurée.

— Que tout le monde se disperse ! Si Craig est sur ce campement, on doit le trouver !

Des bruits de chaises repoussées et de conversations inquiètes envahirent la salle puis chacun sortit. Piper se tourna vers Tessa et Taryn.

— Vous deux, restez ici, nous avons assez de monde pour les recherches.

Elle entraîna ensuite Phoebe et Paige hors du réfectoire par l'une des portes du fond. Une fois dehors, elles se plaquèrent contre le mur.

— C'est quoi, cette histoire ? demanda Piper à Phoebe. Pourquoi ce type t'a-t-il regardée ainsi ?

— Ce Craig est le type qui m'a baratinée hier soir devant ses copains, répondit Phoebe. Peut-être pensait-il juste à ça… Mais vous savez quoi ? Craig était le grand prêtre de cette communauté.

— C'était donc la cible idéale ! continua Paige. Et si nous allions jeter un coup d'œil à sa tente ?

Paige commença à marcher vers les tentes, mais le chaos qui régnait sur le campement rendait les choses difficiles. Les membres de la communauté de Craig aboyaient des ordres aux autres Wiccas et fouillaient toutes les tentes une par une. Beaucoup de participants commençaient à paniquer. En voyant cela, Piper leva les yeux au ciel. Cela lui rappelait les livres sur les chasses aux sorcières qu'elle avait lus à l'époque où elle-même et ses sœurs avaient découvert qu'elles possédaient de vrais pouvoirs. Mais cette fois, c'était différent. C'était des sorciers qui attaquaient des sorciers...

Piper aperçut alors l'un des acolytes de Craig : il sortait d'une tente tous les draps et les vêtements.

— Ça ne va pas ! Il faut arrêter ça...

À ce moment, Phoebe désigna une tente gardée par deux hommes. Celle de Craig, sans doute. Les trois sœurs avancèrent d'un pas décidé.

— Dites, lança Phoebe au plus grand des deux gardiens, nous aimerions voir cette tente !

Les yeux bleus de l'homme fixèrent la jeune femme avec sévérité.

— Impossible ! J'ai des ordres. Christian a interdit qu'on y entre tant qu'on n'a pas retrouvé Craig !

— Bon, bon, d'accord... murmura Paige. On va le chercher ailleurs !

La plus jeune des Halliwell tira alors discrètement sur le bras de Phoebe et, d'un signe de tête, invita ses sœurs à la suivre à l'écart.

— On va entrer dans cette tente, qu'il le veuille ou non !

Paige prit alors les mains de ses sœurs dans les siennes et, avant que Piper puisse protester, un halo blanc les entoura toutes les trois. Elles disparurent et reprirent forme à l'intérieur de la tente.

— Paige... bredouilla Piper. Si quelqu'un t'avait vue...

— Ne t'en fais pas, il n'y avait personne !

La jeune femme jeta un coup d'œil autour d'elle. On ne voyait qu'un seul lit de camp dans cette tente.

— Hé ! C'est injuste ! Pourquoi est-ce que ce Craig a droit à une tente pour lui tout seul ?

Paige s'approcha du lit. Un des pieds était arraché, les draps étaient lacérés et les couvertures traînaient par terre. On aurait même dit que quelqu'un s'était acharné sur l'oreiller avec une machette. Enfin, des traînées d'une substance visqueuse et noire recouvraient le matelas.

Piper s'avança à son tour et toucha l'une des marques noires du bout du doigt.

— Qu'est-ce que c'est que ces trucs ? On dirait du mazout...

Elle renifla ses doigts. Une odeur aigre lui retourna l'estomac.

— Pouah ! Je ne sais pas ce que, mais en tout cas, ça ne sent pas le mazout !

La jeune femme s'essuya les mains sur les draps et s'éloigna du lit.

— L'agresseur devait avoir de sacrées griffes, supposa Phoebe. Mais c'est quand même bizarre... il n'y avait aucune trace pour les autres enlèvements !

— Effectivement, ajouta Paige, je ne me souviens pas qu'on ait mentionné des draps lacérés.

Soudain, les sœurs Halliwell entendirent des voix à l'extérieur de la tente. Le ton montait.

— C'est Christian ! avertit Phoebe. On ferait mieux de sortir d'ici.

Paige attrapa ses sœurs par le bras et les téléporta directement vers leur propre tente. À peine arrivée, Piper saisit son téléphone portable et composa un numéro.

— Qui appelles-tu ? demanda Paige.

— Daryl ! J'ai promis de le tenir au courant. Et là, il me semble qu'on a de drôles de nouvelles à lui annoncer !

— Inspecteur Morris ! aboya la voix de Daryl.

— Salut, Daryl, c'est Piper. Il y a eu un enlèvement ici !

Et elle s'assit sur le lit de camp.

— Dis-moi, Daryl, est-ce que tu as entendu parler de marques huileuses noires lors des autres enlèvements ?

— Non, rien de tel, répondit Daryl. Tu veux dire que le type a finalement laissé des indices ?

Piper leva les yeux vers ses sœurs.

— Écoute, Daryl… Je ne pense pas que ce soit un type, mais plutôt un monstre ou un démon. D'ailleurs, j'appelle immédiatement Léo.

— Entendu ! Rappelez-moi s'il y a du neuf et surtout, les filles, soyez prudentes !

— Promis !

Piper raccrocha et se mit à hurler.

— Léo !!!

Léo apparut aussitôt et regarda les trois filles d'un air perplexe.

— Eh bien, dites donc, pour un appel, c'est un appel ! Qu'est-ce qui se passe ?

Piper se leva et jeta le téléphone sur le lit. Elle était tellement tendue que même la vue de son mari ne parvenait pas à la soulager.

— Il y a eu un autre enlèvement, annonça Paige en croisant les bras. Pas beau à voir ! Pourrais-tu consulter le *Livre des Ombres* pour voir s'il existe des êtres qui enlèvent des sorcières en laissant des traces d'huile noires ?

— Bien sûr, affirma Léo. Mais ça va prendre un peu de temps. On a beaucoup de travail avec tous ces enlèvements…

— Tu fais le maximum, d'accord ? implora Piper.

— Je te le promets.

Léo serra rapidement sa femme dans ses bras, l'embrassa sur le front et disparut. Piper baissa les yeux et eut un soupir profond. Phoebe hocha la tête en silence. Sa sœur avait l'air vraiment déprimée… Elle s'approcha et passa un bras autour des épaules de Piper.

— Ne t'inquiète pas, ça va s'arranger. Avec ces marques noires, nous allons avancer, Piper, j'en suis sûre.

Paige se joignit à ses sœurs pour un câlin familial. Malgré la tendresse de ce moment, Piper frissonna. Des draps lacérés, des marques noires… Et dire que la petite sœur de Tessa et de Taryn était peut-être entre les griffes de ce monstre ! Pourvu que l'une des *Charmed* ne subisse pas le même sort…

Phoebe passait cette nuit-là assise devant sa tente, à observer l'exode massif des participants au Sabbat. Craig n'avait pas réapparu, et chaque minute augmentait l'inquiétude collective. Les hippies des tentes voisines étaient sur le départ. Ils avaient avancé leur minibus devant leurs tentes et y jetaient leurs affaires pêle-mêle.

Un peu plus loin, Marcia se disputait avec l'un des types qui se trouvaient à la table des *Charmed* lors du petit déjeuner.

— Écoutez, s'énervait-il, j'estime que nous avons droit à un remboursement intégral. Nous partons parce que nous sommes en danger. Et il n'y a pas de service de sécurité ici ! Vous ne savez même pas ce qui est arrivé à ce pauvre Craig. Vous êtes des irresponsables !

— J'ai appelé la police, expliquait désespérément Marcia. Des agents vont arriver sous peu. Je vous en prie, restez, je suis sûre qu'il n'y aura pas d'autres incidents !

— C'est déjà un de trop. Nous partons ! Nous passons au bureau de Treetop dans dix minutes. Si vous ne nous remboursez pas, je vous promets que vous aurez des nouvelles de nos avocats !

Le type rentra dans sa tente et Marcia s'éloigna. Phoebe laissa échapper un soupir. Tout cela n'avait plus rien à voir avec le Sabbat bon enfant que tout le monde avait prévu... Marcia n'était pas responsable de la disparition de Craig, mais l'homme qui venait de rouspéter avait raison. Un enlèvement, c'était un enlèvement de trop !

Quelques autres communautés étaient parties un peu plus tôt dans l'après-midi. Ceux qui restaient sortaient encens, cristaux et amulettes et traçaient des cercles de protection autour de leurs tentes. L'atmosphère était un peu plus calme que dans la matinée, mais elle était aussi plus morose. Un peu comme si tout le monde s'était déjà fait à l'idée qu'un autre enlèvement allait se produire…

Phoebe prit une longue inspiration et rentra dans sa tente. Paige était sur son lit, plongée dans un livre, et Piper pliait ses vêtements.

Phoebe sortit son sac de sous son lit. Elle y prit les cinq cristaux qu'elle avait emballés à la dernière minute. Ils étaient lisses et froids. À leur contact, elle se sentit déjà un peu mieux.

— Qu'est-ce que tu fais ? demanda Paige.

— Je pense que nous devrions créer un cercle de protection, répondit Phoebe.

Et elle sortit de la tente. Elle planta le premier cristal devant la porte, puis fit le tour de la tente et enfonça les autres dans la terre, aux quatre points cardinaux.

Ses sœurs observaient la scène.

— Tu crois que c'est vraiment nécessaire ? demanda Piper.

— Oui, je le crois ! Écoute, ce matin, tu étais aussi paniquée que les autres. Si ce n'est plus !

— Je sais, admit Piper. Mais réfléchis… nous avons aussi des armes que les autres n'ont pas. Si je vois un machin avec de grosses griffes entrer dans notre tente, je le pulvérise. D'autre part, es-tu sûre que tes cristaux soient efficaces ? Tu sais, si le sortilège de protection parfait existait, nous l'aurions appliqué à notre manoir et on ne viendrait pas nous menacer toutes les cinq minutes…

— C'est mieux que rien, insista Phoebe.

Paige s'interposa.

— Je suis d'accord avec Phoebe. Ne prenons pas de risques !

— Bon, bon, vous avez gagné ! concéda Piper.

Elle prit les mains de ses sœurs et ensemble, les trois *Charmed* récitèrent les paroles de l'incantation :

Grâce à ce cercle par les Charmed *tracé*
Ne pourront que nos amis passer.

Un bref éclair de lumière pourpre illumina le cercle défini par les cristaux. Phoebe jeta un rapide coup d'œil aux alentours. Personne ne les avait vues faire. Les communautés étaient bien trop occupées par leurs propres incantations.

— Merci, les filles ! souffla Phoebe. Je me sens beaucoup mieux.

— Il est temps qu'on aille faire un tour sur le Strip, non ? proposa Paige.

— Ça me va, répondit Phoebe. J'ai besoin de prendre l'air… Et toi, Piper ? Tu viens ?

— Oui, fichons le camp d'ici ! Et passons prendre Tessa et Taryn.

Les trois sœurs retournèrent dans la tente. Paige sortit son rouge à lèvres et fit rapidement quelques retouches. Piper et Phoebe attrapèrent directement leur sac et se dirigèrent vers la porte d'un pas décidé.

Paige déambulait à travers le casino, un seau en plastique vide à la main. Elle soupira. Les lumières clignotantes, le bruit des machines à sous, la fumée des cigarettes et des cigares, tout cela la fatiguait. Et où pouvaient être Piper et Phoebe ? Allait-elle finir par les retrouver ? Soucieuse, elle tourna dans une nouvelle allée. Cette fois encore, elle fut accueillie par une rangée de bandits manchots et de touristes morts d'ennui comme elle. Paige leva les yeux au ciel. Si tous ces gens s'amusaient si peu, pourquoi restaient-ils ainsi, le derrière vissé sur ces fauteuils violets ?

— Bon, je renonce ! lança-t-elle à mi-voix.

— Tu renonces à quoi exactement ? fit une voix.

Paige se retourna et tomba nez à nez avec Piper et Phoebe. Elle sourit et posa son seau en plastique entre deux machines à sous.

— Je ne comprends pas comment les gens peuvent trouver cet endroit aussi génial. Moi, cela fait cinq minutes que je ne trouve plus ça drôle du tout !

Et elle se laissa tomber dans un fauteuil, à côté de Phoebe.

— Et il s'est passé quoi, il y a cinq minutes ? demanda Piper.

— J'ai perdu mes vingt derniers dollars... grommela Paige.

Piper et Phoebe éclatèrent de rire et Paige baissa la tête. Elle s'était vraiment comportée comme une idiote ! Elle aurait dû s'arrêter, mais voilà, elle était quasi possédée et avait voulu essayer une dernière fois... Bien sûr, elle avait tout perdu !

— Eh bien, moi, je m'amuse comme une folle ! déclara Phoebe.

Et elle tendit à Paige son seau rempli de pièces. Les yeux de Paige s'agrandirent telles des soucoupes. Il devait y avoir au moins cent dollars là-dedans !

— Mais d'où tu sors tout ça ?

— Je te présente ma machine porte-bonheur ! plaisanta Phoebe en tapotant la machine à sous devant elle.

Paige prit une pièce dans le seau de Phoebe et la glissa dans la machine. Elle ferma les yeux et récita une courte prière. Une seule fois. Gagner juste une fois pendant cette soirée, ce n'était pas trop demander, non ? Même cinquante cents... Et elle tira sur le levier. Quand elle rouvrit les yeux, les images étaient en train de s'aligner : cerise-cerise... Paige retint sa respiration. Une cerise de plus et elle serait riche ! Mais la bande s'arrêta juste entre une cerise et une barre. Paige se laissa choir à nouveau dans le fauteuil.

— Super ! On ne pourrait pas jeter un petit sortilège sur ce truc ? Juste pour que je puisse me rembourser ?

Ses sœurs lui jetèrent un regard noir. Paige haussa les épaules puis soupira.

— Bon, bon… ça va.

À cet instant, des hurlements de joie s'élevèrent de la salle voisine. Paige serra les dents. Quelqu'un gagnait, pas elle, c'était trop injuste ! Elle amorça un petit sourire : le casino avait un effet désastreux sur son caractère. Et encore, elle n'était là que depuis une heure !

— Et où sont Tessa et Taryn ? demanda Paige.

Phoebe, accrochée au levier de sa machine favorite, resta silencieuse.

— Elles étaient fatiguées et sont rentrées au camping, dit Piper. D'ailleurs, je vais en faire autant.

— Tu as raison, rétorqua Paige. Je meurs d'ennui et… de jalousie !

Une sonnette se mit à retentir dans la machine à sous et Phoebe laissa échapper un grand cri. Paige leva les yeux. Sa sœur venait encore d'aligner trois cerises ! La lumière au-dessus de la machine se mit à clignoter à toute vitesse et les pièces à dégringoler par dizaines.

— C'est génial, Phoebe !

— Mille quarters ! hurla Phoebe. Ça fait combien de dollars, les filles ?

Piper passa un bras autour des épaules de sa sœur.

— Deux cent cinquante dollars ! Si tu continues comme ça, tu vas rembourser le prix de ce fichu voyage !

Un autre cri de joie s'éleva. Paige se mit sur la pointe des pieds.

— Je vais voir ce qui se passe là-bas…

— D'accord, répliqua Piper, mais dépêche-toi de revenir ! On va avoir besoin de ton aide pour porter tout ça !

Paige sourit et se dirigea vers les tables de black-jack et de poker. Un nouveau hurlement de joie attira son attention. Jasmine et ses amies s'embrassaient en dansant autour d'une table de roulette. Avec leur espèce de déguisement de sorcières branchées, elles étaient complètement à part. D'ailleurs, un groupe de papis, chemises pastel vert et rose, les observait d'un œil goguenard. Paige arriva juste à l'instant où le croupier poussait un tas de jetons vers la fille aux cheveux rouges.

— Que se passe-t-il ? demanda Paige en se glissant à côté de Jasmine.

— Nous sommes les déesses de la roulette, ma chère ! Vise un peu !

Elle montra du doigt une impressionnante pile de jetons. Paige fit un rapide calcul mental. Jasmine avait plus de mille dollars devant elle !

— Chapeau, les filles ! Vous avez un truc ou quoi ?

Les autres filles posaient déjà leurs mises pour le tour suivant. Jasmine se pencha vers Paige avec un œil malicieux.

— Oui ! Ça s'appelle de la magie !

Jasmine parlait-elle sérieusement ? Est-ce qu'elle utilisait de véritables sortilèges pour contrôler la roulette ? Paige fronça les sourcils. Apparemment, ces filles n'avaient jamais entendu parler des risques qu'il y avait à utiliser la magie à des fins personnelles.

Le croupier fit un signe de la main pour stopper les mises, puis lança la roulette. À cet instant, Jasmine et ses amies se prirent par la main et fermèrent les yeux. Paige les observait sans mot dire. Leurs lèvres remuaient à peine, mais c'était évident : elles murmuraient quelque chose à l'unisson. De son côté, le croupier suait et ne cessait de regarder pardessus son épaule. Envisageait-il de fuir ?

La roulette s'immobilisa et la bille rebondit plusieurs fois avant de se poser. Quinze noir. Jasmine et ses amies ouvrirent leurs yeux et se lâchèrent les mains.

— Quinze noir ! marmonna le croupier. Nous avons un gagnant.

La petite bande se remit à crier et l'homme paya une fille à l'autre bout de la table. Paige soupira. Elle aussi détenait une jolie pile de jetons.

— Mais qu'est-ce que vous faites ? chuchota Paige à Jasmine.

— C'est un simple sortilège de manipulation. En récitant la même incantation à plusieurs, ça marche à tous les coups. On gagne chacune à notre tour, voilà.

Paige se sentit rougir.

— Mais c'est de la triche !

— Ce que tu peux être coincée !

À cet instant, un type en costume avec des cheveux poivre et sel vint se poster à côté du croupier et lui chuchota quelques mots. Ce dernier jeta un coup d'œil triomphant vers les filles et se leva.

— Je suis désolé, avertit le nouveau venu, je vais devoir fermer cette table. Je vous félicite pour vos gains, mesdemoiselles, vous avez épuisé les réserves de la table.

— Hé ! Mais vous ne pouvez pas nous empêcher de jouer ! s'écria la fille aux cheveux rouges.

— Ça ne fait rien, dit Jasmine. De toute façon, nous allions à la discothèque, n'est-ce pas, les filles ?

Les filles rassemblèrent leurs jetons avec avidité puis s'éloignèrent de la table. Paige fronça les sourcils. Il fallait absolument qu'elle raconte ça à Piper et Phoebe. Si Jasmine et ses amies étaient capables de contrôler la roulette, c'est qu'elles détenaient des pouvoirs. Elles risquaient donc d'être les suivantes sur la liste du kidnappeur…

Elle se retourna. Piper et Phoebe arrivaient, chargées de toute leur monnaie.

— On dirait qu'on n'est pas les seules à gagner, ce soir ! s'écria Jasmine.

Apparemment, Jasmine ne donnait pas le même sens que Piper et Phoebe au verbe gagner…

— Piper, Phoebe, commença Paige, je vous présente Jasmine. Elle et ses amies viennent de ruiner la roulette.

— Et moi les machines à sous, claironna fièrement Phoebe.

— Bravo ! Vous venez fêter ça avec nous ? demanda Jasmine. Nous allons à cette nouvelle discothèque, au bout du Strip. Il paraît qu'elle est géniale !

Le reste de la communauté de Jasmine attendait à l'autre extrémité de la table de roulette. Paige fronça les sourcils. Elle aurait parié que l'une des filles avait grommelé en entendant la proposition de Jasmine. Sans doute Cheveux rouges…

Paige sourit. Ce serait sympa de finir la soirée avec Jasmine et ses amies. Elles devaient être plutôt marrantes en discothèque. Toutefois ce serait encore mieux si Piper et Phoebe venaient aussi.

— Moi, je suis partante. J'en ai assez du casino, mais je suis trop excitée pour dormir.

Et Paige se tourna vers ses sœurs.

— Qu'en pensez-vous ? Nous pourrions faire les folles sur la piste de danse !

— Je ne sais pas, hésita Piper. Moi, j'ai plutôt envie de rentrer et d'appeler Léo.

— Oui, moi aussi, renchérit Phoebe, et j'appellerai Cole.

Paige leva les yeux au ciel.

— Oh, non ! On est en vacances ! Vous n'en avez pas assez de jouer aux femmes mariées ?

— Désolée, Paige, sermonna Piper, c'est comme ça et j'assume !

Paige éclata de rire.

— Bon, puisque tu y tiens. Moi, en tout cas, j'y vais !

Phoebe jeta un regard inquiet à Piper puis se tourna vers Paige.

— On peut te parler une minute ?

— Je reviens tout de suite, annonça Paige à Jasmine.

Elle suivit ses sœurs à l'écart en soupirant. Elle allait sûrement au-devant d'une grande leçon de morale.

— Je ne pense pas que ce soit une bonne idée de nous séparer avec ce psychopathe en liberté, souffla Phoebe.

— Mais je ne serai pas toute seule, voyons !

Paige sentit toutefois un frisson la parcourir. C'est vrai que Jasmine était une cible parfaite pour le kidnappeur... Mais quand même, elle n'allait pas se faire enlever au beau milieu d'une discothèque ! Inutile donc d'alerter ses sœurs sur ce qu'elle avait appris.

— Ne t'inquiète pas, intervint Piper en souriant. Paige ne risque rien.

— Je croyais que tu me soutenais dans cette histoire ! protesta Phoebe.

Piper éclata de rire.

— Eh bien, tu vois, pour une fois, je ne serai pas Piper-la-gendarme. Paige a le droit de sortir et de s'amuser. Franchement, il n'y a pas de quoi s'inquiéter, elle sera entourée d'une foule.

Paige sauta de joie. Elle n'en croyait pas ses oreilles. On avait changé Piper ou quoi ?

— Merci ! Faites un bisou de ma part à Cole et à Léo !

Puis, avant que Phoebe puisse ouvrir la bouche, Paige tourna les talons en riant. Après tout, elle était en vacances, il était grand temps qu'elle s'éclate un peu !

CHAPITRE 7

— Oh, mon Dieu ! s'exclama Phoebe. Que se passe-t-il ?

Deux voitures de police étaient garées devant l'entrée du camping, tous gyrophares allumés. Les agents de police étaient en grande discussion.

Phoebe regarda Piper.

— J'espère qu'il n'y a pas eu un autre enlèvement…

L'un des policiers dirigea sa torche vers la décapotable des deux sœurs.

— On va bientôt le savoir, répondit Piper.

Piper immobilisa la voiture à la hauteur de l'homme.

— Bonsoir, mesdames, dit l'agent en éteignant sa lampe. Que faites-vous ici ?

— Nous sommes au campement du… euh… du Sabbat, affirma Piper.

Le policier recula d'un pas.

— Quelques-uns de nos agents sont sur place. Nous vous serions reconnaissants de vous rendre directement à vos tentes.

— Que se passe-t-il ? s'inquiéta Phoebe. Est-ce qu'il y a eu un autre enlèvement ?

— Désolé, madame, je n'ai pas d'information à vous communiquer. Contentez-vous de rentrer dans vos tentes, s'il vous plaît.

Phoebe et Piper échangèrent un coup d'œil intrigué puis Piper engagea la voiture dans le chemin de terre.

— Nous ne rentrons pas à la tente, n'est-ce pas ? demanda-t-elle.

Phoebe lui lança un clin d'œil.

— Comme si tu avais besoin de me poser la question !

Quand elles arrivèrent au campement, les gens étaient regroupés devant leurs tentes et discutaient. De temps en temps, ils se retournaient et jetaient des coups d'œil anxieux vers l'obscurité qui les entourait.

Piper s'arrêta devant le bureau de Treetop. Deux voitures de la police étaient déjà garées là. Piper sortit de la voiture et claqua la portière.

— Si quelqu'un sait ce qui se passe ici, c'est bien Marcia !

— Mais qu'est-ce que tu vas faire ? demanda Phoebe. Entrer dans ce bureau alors qu'ils sont peut-être en plein interrogatoire ?

— Oui, exactement !

Sur ces mots, Piper ouvrit la porte du minuscule bureau. Aussitôt un policier l'arrêta par le bras.

— Vous n'avez rien à faire ici, mesdemoiselles ! Veuillez attendre dehors !

Phoebe embrassa rapidement la scène du regard. Dans un coin de la pièce, deux agents visionnaient des images sur une télévision et, près du bureau, un troisième s'entretenait avec Marcia et Ryan Treetop. Marcia était terriblement pâle et ses cheveux étaient en bataille. Ryan semblait très tendu.

— Marcia ? demanda Phoebe. Ça va ?

Marcia leva les yeux et mit quelque temps à reconnaître la jeune femme.

— Oui, oui, ça va, tu es gentille... La police vient juste de confisquer une cassette vidéo de surveillance.

Le policier lâcha Phoebe et la jeune femme jeta un coup d'œil vers Piper. Une vidéo de surveillance ? Il fallait absolument qu'elles la visionnent. Si elles pouvaient voir le démon qui avait enlevé Craig, elles l'identifieraient ensuite facilement dans le *Livre des Ombres*.

— Mademoiselle Farina, je vous avais bien dit que cette information était confidentielle !

— Je suis désolée, murmura Marcia. Je ne sais plus où j'en suis...

Piper se tourna vers le magnétoscope. L'image en noir et blanc était arrêtée sur l'un des nombreux chemins qui traversaient le campement.

— Est-ce qu'on peut voir la cassette ?

— C'est hors de question ! rétorqua le policier. Cette affaire ne concerne que la police. Alors, si vous aviez la gentillesse de sortir…

— Bon, marmonna Piper, si c'est comme ça…

Elle leva les mains et, d'un geste bref, figea toute la pièce. La bouche du policier resta à moitié ouverte sur sa phrase et les larmes de Marcia s'arrêtèrent au bord de ses yeux.

— Allons-y !

Phoebe se précipita vers le magnétoscope et appuya sur le bouton. Sur l'écran, la vie reprit en pointillés noirs et blancs. La scène était prise du haut, au croisement de trois tentes. L'horloge en bas de l'image indiquait 2 h 43 du matin. Phoebe retint son souffle et attendit. Rien ne se passa : seule l'image d'un chemin désert apparaissait.

— Je vais le mettre en avance rapide, décida-t-elle. Nous n'avons pas de temps à perdre.

La cassette se déroula à toute vitesse et soudain, Phoebe distingua un mouvement dans un coin de l'écran. Elle se précipita vers l'appareil et appuya sur le bouton « Marche ». L'horloge indiquait maintenant 2 h 59. La jeune femme vit alors trois silhouettes d'une taille surhumaine qui avançaient sur le chemin, la tête baissée. Elles portaient de longs manteaux noirs.

— Qu'est-ce que ça peut être ?

— Je n'en ai pas la moindre idée, répondit Piper.

L'une des créatures leva son visage, et Phoebe saisit le bras de Piper. Elle avait une tête de chacal avec un long museau et des yeux d'un blanc lumineux. Quand elle rajusta sa capuche, Phoebe distingua très clairement de longues griffes noires.

— Brrrr ! C'est terrifiant !

— Ce qui est terrifiant, dit Piper, c'est de savoir que ces monstres se baladaient dans le campement pendant qu'on dormait. Maintenant, au moins, on voit à quoi ils ressemblent. Rembobine vite la cassette.

— On la laisse ? demanda Phoebe.

— Oui ! Ils vont se méfier s'ils ne la retrouvent pas. De toute façon, ce n'est pas grave, personne ne croira que ce genre de créature existe. La police pensera simplement qu'il s'agit de déguisements. Viens, reprenons nos places, je remets les choses dans l'ordre !

— C'est bon, tu peux y aller !

Piper leva la main. Juste à cet instant, la porte du bureau s'ouvrit et Taryn, Tessa et Christian entrèrent. En voyant Piper redonner vie à la scène, les yeux des nouveaux arrivants faillirent sortir de leurs orbites. Taryn s'agrippa au chambranle de la porte pour ne pas s'évanouir. Phoebe leva les yeux au ciel : trois personnes venaient de découvrir le pouvoir de Piper !

— ... de ce bureau immédiatement ! continua le policier pour finir la phrase qu'il avait commencée avant d'être figé.

Il aperçut alors les trois intrus et son visage tourna au rouge écrevisse.

— Et vous, là ! D'où sortez-vous ?

— On y va ! dit Piper en attrapant le bras de Taryn et de Tessa. On allait justement partir.

L'aînée des Halliwell tira ses amies vers l'extérieur. Christian les suivit en silence mais à peine arrivé dehors, il se déchaîna.

— Vous pouvez me dire ce qui s'est passé là-dedans ?

— Rien, tenta Piper. Je n'ai rien vu de bizarre, moi. Et toi, Phoebe ?

Christian croisa les bras.

— Vous vous fichez de moi ? Si vous ne me dites pas immédiatement ce qui se passe, je raconte à ces flics ce que vous venez de faire !

Phoebe se tourna vers Piper : sa sœur labourait le sol du bout de ses bottes comme si c'était l'occupation la plus urgente. Elle ouvrit la bouche mais aucun son n'en sortit. Qu'est-ce qu'elle aurait bien pu dire pour arranger la situation ?

— Bon, alors j'y vais ! déclara Christian.

— Attends ! fit Tessa.

Elle se tourna lentement vers les deux sœurs et prit une longue inspiration.

— Les filles, vous devez nous dire ce qui se passe. Qui a de tels pouvoirs ?

Piper et Phoebe échangèrent un coup d'œil résigné. Si seulement elles étaient restées avec Paige ! Cette nuit allait être très, très longue…

Paige se regarda dans le miroir des toilettes de la discothèque. Elle n'en pouvait plus ! La techno qui résonnait à travers les murs lui arrachait les tympans. Mais pourquoi n'était-elle pas rentrée avec ses sœurs ? Elle soupira. Peut-être qu'elle ne savait plus faire la fête comme avant…

— Excusez-moi, fit une voix. Vous comptez monopoliser ce miroir toute la nuit ?

Paige jeta un coup d'œil dans la glace. Celle qui venait de parler était une jeune fille aux longs cheveux blonds. Elle était outrageusement maquillée et portait une minijupe et des cuissardes couvertes de paillettes argentées. Paige leva les yeux au ciel. Encore une de ces gamines odieuses qui s'imaginent être le centre de l'univers… Paige eut envie de la remettre à sa place, mais elle était trop fatiguée. Elle s'éloigna du lavabo et sortit des toilettes.

Bousculée de toutes parts, elle réussit à atteindre le bar, et se mit à chercher ses amies pour leur dire qu'elle s'en allait. Elle en avait par-dessus la tête de cet endroit mais ne pouvait quand même pas partir sans prévenir ses compagnes de virée. Le sens des responsabilités de ses sœurs commençait à déteindre sur elle…

Elle se retourna et repéra Cheveux rouges. La jeune fille, qui s'appelait en fait Chloé, bavardait avec Annie les Cheveux longs et Jessie, une petite boulotte toujours en admiration devant ses amies.

Les trois filles gloussaient en mettant la main devant la bouche. Paige se dirigea vers elles et s'immisça dans le petit groupe.

— Est-ce que vous avez vu Jasmine ? hurla Paige.

— Paige ! Tu ne vas jamais croire ce que je viens de faire ! lança Chloé, un verre de Martini à la main. Tu vois ce type, là-bas, contre le mur ?

Elle désigna un homme relativement jeune, un catogan dans les cheveux, et une longue boucle d'oreille.

— Oui, répondit Paige. Et alors, qu'est-ce qu'il a ?

Chloé pouffa et but une gorgée de Martini.

— Eh bien, il draguait Jessie comme un fou et ne voulait pas la laisser tranquille. Alors, je l'ai marqué !

— Tu l'as… quoi ? répéta Paige.

Elle fixa Chloé avec attention. Qu'est-ce que cela pouvait signifier ? Chloé sortit alors une minuscule fiole de son sac à main.

— Je garde toujours cette potion sur moi. Il suffit d'en mettre une goutte sur le bout du doigt et de l'étaler sur la nuque de quelqu'un. L'effet est presque immédiat. Regarde !

Paige se retourna. Le gars en question s'était approché d'une fille un peu rondelette qui portait une combinaison très moulante. Il laissa courir son doigt sur le décolleté de la fille, laquelle se dégagea immédiatement. Chloé avait envoûté l'homme ! Maintenant il allait harceler toutes les filles de la discothèque.

— Ce n'est pas drôle, Chloé !

À cet instant, Jasmine arriva en se tordant de rire.

— Ça y est ! J'ai une mèche de ses cheveux !

— Parfait ! s'exclama Chloé.

La jeune fille rangea la fiole dans son sac et en sortit une petite poupée vaudou.

— Paige, tu vas adorer ! dit Annie en s'accoudant au bar.

Chloé prit la mèche de cheveux blonds et la noua autour du cou de la poupée. Puis elle serra la poupée dans ses mains et récita :

Avec mes mots, cette poupée devient mon instrument.
Donne-moi le pouvoir sur celle dont voici les cheveux.

Chloé sourit à Paige puis posa la poupée sur le bar.

— Vous êtes prêtes, les filles ?

Annie, Jesse, Chloé et Jasmine placèrent chacune un doigt sur la poupée et se tournèrent vers les toilettes.

— À qui est destiné ce sortilège ? demanda Paige.

— Tu vas voir, murmura Jasmine.

La fille insolente des toilettes apparut. Paige se mordit les lèvres. Ce serait donc elle la victime.

— Trébuche ! dirent les filles en chœur.

La jeune fille bascula instantanément en avant et dut se rattraper à une colonne pour ne pas tomber.

— Mais qu'est-ce que cette fille vous a fait ? demanda Paige.

— Tout à l'heure, sur la piste, répondit Chloé, elle s'est montrée grossière. Elle n'a pas arrêté de me donner des coups de coude !

La fille s'approcha d'un grand type plutôt mignon. Elle avait manifestement l'intention de le séduire.

— Éternue ! ordonnèrent les quatre amies.

La blonde laissa échapper un énorme éternuement. Avec une grimace de dégoût, le type s'essuya le visage puis s'éloigna. Jasmine et ses amies éclatèrent de rire.

— Là, vous exagérez ! s'insurgea Paige. Arrêtez vos gamineries !

— Oh, ne sois pas rabat-joie ! s'énerva Chloé. Allons, les filles. Encore une fois !

La blonde se dirigeait vers la piste de danse, espérant sans doute se perdre dans la foule. Quand elle arriva au milieu des danseurs, Jasmine et ses amies frappèrent à nouveau.

— Tombe !

La jeune fille trébucha et s'étala de tout son long. Tout le monde éclata de rire. À coup sûr, la chute avait été douloureuse. Au bord des larmes, la fille se releva et s'enfuit.

— J'en ai assez, lâcha Paige. Cette fois, je m'en vais !

On n'utilisait pas ses pouvoirs pour persécuter des innocents… ou même des gamines mal élevées. Paige attrapa son sac à main et, ignorant les protestations de Jasmine, se fraya un passage jusqu'à la porte. Elle ne désirait plus qu'une chose : rentrer au campement et oublier cette journée infernale.

Elle sortit et se retrouva dans une petite rue qu'elle ne connaissait pas. Puis elle aperçut des phares de voitures qui passaient tout au bout, sur la droite. Le Strip devait être là. Elle allait avancer dans cette direction quand elle entendit un hurlement.

À l'autre bout de la rue, deux silhouettes étaient en train de lutter. Paige se précipita vers elles et, en approchant, discerna un éclair métallique. Soudain elle comprit. Un homme tenait une fille par-derrière, un couteau pressé sur sa gorge, et essayait de lui arracher son sac à main. Sans réfléchir, Paige tendit la main en avant.

— Couteau !

L'arme disparut dans un tourbillon de lumière blanche et réapparut dans la main de Paige. Surpris, l'homme lâcha la fille. Celle-ci lui donna un coup de coude dans l'estomac et s'enfuit vers le Strip. L'agresseur reprit son souffle, se redressa et fila dans la nuit.

Paige jeta le couteau dans une poubelle quelques pas plus loin et se frotta les mains en souriant. Au moins, cette nuit n'aurait pas été un fiasco total ! Elle fit demi-tour et là, elle tomba face à face avec Jasmine. Celle-ci se tenait près de la porte de la discothèque et l'observait bouche bée.

— Qu'est-ce… qui s'est… passé ?

— Y a-t-il un quelconque espoir que tu croies à une illusion d'optique ? demanda Paige avec un regard suppliant.

Les bras croisés, Jasmine attendait. Elle arqua même un seul sourcil à la fois, chose à quoi Paige n'arrivait toujours pas après des années d'entraînement.

Paige soupira. Elle était cuite. Pire, même, ses sœurs allaient la tuer !

CHAPITRE 8

— Un cauchemar. C'est un cauchemar ! répétait Phoebe, désespérée.

Les trois sœurs avançaient vers le réfectoire en traînant les pieds. Après ce qui leur était arrivé la veille, aucune n'avait hâte d'être vue en public. Le campement, par bonheur, était tellement désert qu'il ne ressemblait plus à un lieu public. Beaucoup de campeurs avaient fui le site. De plus, les trois sœurs avaient décidé de prendre leur petit déjeuner très tard pour ne pas croiser Jasmine ou Christian. Elles auraient déjà à parler à Tessa et Taryn. Autant limiter les dégâts…

Phoebe avait beau essayer de rester calme, c'était impossible. Et puis cette chaleur l'achevait. Il n'était même pas encore dix heures du matin et le thermomètre devait déjà atteindre les quarante degrés ! L'anxiété et la chaleur la faisaient transpirer à grosses gouttes et elle ne cessait de s'éponger le front avec son mouchoir.

— Ça va s'arranger, dit Paige en jouant avec une de ses tresses. Je pense vraiment que ça va s'arranger.

Phoebe haussa les sourcils. Paige avait l'air plutôt calme et concentrée.

— Et comment ? demanda Piper en se retournant. Comment est-ce que ça va s'arranger ?

Il y eut un long silence, puis Paige soupira.

— Je pourrais peut-être nous téléporter jusqu'en Alaska.

— Voilà une idée géniale ! plaisanta Phoebe. Je prends !

Piper se tourna vers Paige.

— Je ne comprends pas comment on a pu être assez stupides pour se faire surprendre toutes les deux le même soir en train d'utiliser nos pouvoirs !

— C'est sûr ! se moqua Phoebe. Vous avez vraiment été stupides !

Ses sœurs lui jetèrent un regard sombre.

— Désolée, reprit Phoebe. J'essayais juste de vous faire rire.

Les trois sorcières étaient arrivées devant le réfectoire. Phoebe s'éclaircit la gorge et passa devant Piper.

— J'y vais, les filles ! annonça-t-elle sur un ton mélodramatique. Couvrez-moi !

Elle inspira à fond puis entra dans le réfectoire, la tête haute. En fait, elle aurait préféré raser les murs...

À son arrivée, tout le monde leva la tête et Phoebe pila. C'est sûr, il allait y avoir une avalanche de questions, d'accusations... À sa grande surprise, chacun se reconcentra très vite sur son repas. Phoebe respira. Jasmine, Christian, Terra et Taryn n'avaient donc pas fait le tour du campement pour jaser au sujet de leurs pouvoirs. Quelle discrétion !

Le réfectoire avait bien changé par rapport à la veille. Chacun mangeait en silence. Le temps des rires et des conversations animées était révolu. Phoebe jeta un coup d'œil vers la table 3. Tessa et Taryn les attendaient, accompagnées de Christian et de Jasmine. De toute évidence, ils avaient dû partager quelques informations... Ils savaient que Piper et Paige détenaient des pouvoirs et devaient penser que Phoebe en avait aussi.

Phoebe passa la main sur sa nuque pour se détendre un peu.

— On dirait qu'il y a eu des défections à notre table...

— Et si je me téléportais jusqu'au McDonald's pour nous chercher quelques petits déjeuners ? suggéra Paige. On pourrait se retrouver sous notre tente... Ou mieux encore... Si nous allions à l'un de ces buffets qu'on a aperçus sur le Strip ?

Piper tira discrètement sa sœur par le bras.

— Allons, Paige, il va bien falloir les affronter un jour ou l'autre ! Souviens-toi juste de ce qu'on a décidé hier soir : on en dit le moins possible.

Quand elles arrivèrent à la table, quatre paires d'yeux les dévisageaient avec curiosité. On aurait dit des enfants impatients d'entendre une belle histoire.

— Salut, tout le monde ! lança Phoebe avec un sourire éblouissant. C'est super, il y a des crêpes, aujourd'hui !

Elle s'assit et commença à remplir son assiette. Les Wiccas n'allaient certainement pas les laisser tranquilles, mais elle espérait repousser l'échéance le plus loin possible. Phoebe attaqua ses crêpes en silence. Après quelques minutes, elle se décida à lever les yeux et rencontra ceux de Taryn.

— Bon, alors qu'est-ce que vous êtes exactement, les filles ? demanda brutalement Taryn.

Phoebe resta bouche bée. Quel manque de tact ! La jeune femme remarqua alors les joues rouges de Taryn et sourit. Elle avait dû faire un gros effort pour surmonter sa timidité.

— Taryn ! réprimanda Tessa. Mais qu'est-ce qui te prend ?

— Je dirais que c'est une question légitime, intervint Christian. Tu veux bien y répondre, Phoebe ?

— Eh bien, nous sommes des Wiccas, répondit Phoebe avec nonchalance. Comme vous tous !

Elle se concentra sur ses crêpes et les inonda de sirop d'érable.

— Mon œil ! lâcha Jasmine. Même moi je n'ai pas autant de pouvoir ! Pourtant, croyez-moi, ma mère était une Wicca très puissante et je m'exerce depuis le berceau !

— Est-ce que tu pourrais parler un peu moins fort ? souffla Piper. Ce n'est peut-être pas la peine de mettre tout le monde au courant ?

Christian se redressa.

— Pourquoi ? Pourquoi ne veux-tu pas que quelqu'un entende ?

— Je n'ai pas envie que tout le monde nous regarde comme vous le faites en ce moment...

Phoebe se prit la tête entre les mains. Comment trouver une explication plausible ? Ces gens-là n'étaient pas idiots. Le don de télékinésie de Paige et le pouvoir de figer de Piper n'étaient pas des talents normaux pour des Wiccas. Cela dépassait largement les petits exercices de vaudou que Jasmine et ses amies pratiquaient en boîte de nuit...

— Écoutez, mettons qu'on a juste poussé nos pouvoirs un peu plus loin que vous. On adore ça et on s'exerce très souvent. On s'y consacre pratiquement à plein temps.

Tout le monde se détendit. Un point pour Paige ! Peut-être leurs amis allaient-ils se contenter de cette explication... Hélas, ils se mirent tous à parler au même moment.

— Geler le temps n'est pas un petit exercice de...

— Je regrette, je ne peux croire que ce que j'ai vu !

Phoebe faillit se taper la tête contre la table de désespoir quand une puissante voix masculine s'éleva, interrompant toutes les conversations.

— Écoutez ! Ceci vous concerne tous ! Nous avons retrouvé Craig ! Mais...

Phoebe se retourna. C'était Damon, le Noir qui avait annoncé la disparition de Craig le matin précédent. Mais ses yeux n'avaient plus leur éclat sauvage.

Christian se leva aussitôt.

— ... il est... mort ! reprit Damon en regardant Christian droit dans les yeux. Craig est mort.

De nombreux campeurs s'étaient rassemblés dans la cave.

— Qu'est-ce que tous ces gens font là ? s'étonna Piper.

— Ils ont le droit de savoir ce qui se passe, déclara Paige.

— Oui, mais ils peuvent brouiller les traces d'indices.

— J'ai l'impression d'entendre parler Daryl ! plaisanta Phoebe.

Ceux que la vue d'un cadavre n'effrayait pas se dirigeaient vers le cagibi où se trouvait le corps de Craig. À l'autre bout de la cave, Marcia Farina piquait une crise de nerfs, et quelques femmes qui semblaient être des habituées du Sabbat tentaient de la réconforter. La tête basse, Ryan Treetop était adossé contre le mur, à côté d'elle.

Piper observa l'homme avec attention. Il ne s'était souvenu de ce vieux cagibi, niché dans la cave sous son bureau, qu'en début de matinée. D'après lui, cela faisait des années que plus personne n'y mettait les pieds. Au vu de l'épaisse couche de poussière et de toiles d'araignées qui recouvrait tous les objets,

Ryan Treetop devait dire vrai ! Il pensait d'ailleurs que lui seul connaissait l'existence du cagibi. Alors, ce matin, pourtant persuadés qu'ils n'y trouveraient rien, Marcia et lui étaient allés vérifier les lieux. Quelques minutes plus tard, Treetop s'était présenté à la tente de Damon, le visage aussi blanc que celui d'un cadavre.

Christian sortit du cagibi. En le voyant, Piper frissonna. Il avait peine à tenir debout, et ses yeux auparavant si vifs étaient maintenant comme éteints. Sa peau avait une teinte verdâtre dans la lumière glauque de la cave. Il passa devant les trois sœurs sans même les remarquer.

— Christian, murmura Piper. Est-ce qu'on pourrait voir le cadavre avant l'arrivée de la police ?

Il se retourna comme un automate.

— Oui, bien sûr… Mais je ne sais pas si vous pourrez…

Et il s'effondra. Ses compagnons l'aidèrent à monter l'escalier et Piper soupira profondément. Elle était désolée pour lui, mais elle ne pouvait pas perdre une minute. Ses sœurs et elle pénétrèrent aussitôt dans la petite pièce.

— Oh, mon Dieu ! souffla Phoebe tandis que Paige fermait la porte derrière elles.

Piper faillit s'évanouir. Le corps de Craig portait juste un caleçon et un T-shirt. Il était assis contre le mur, les membres désarticulés, entièrement blanc, comme s'il avait été congelé. Ou était mort de peur…

Les trois sorcières s'accroupirent près du corps.

— Je crois qu'il a été vidé de son sang, commença Paige. Un vampire aurait pu faire ça.

Piper désigna une blessure sur le bras de Craig.

— Je ne pense pas. Regarde !

— Et là ! dit Paige en montrant l'autre bras.

Phoebe désigna les genoux de Craig.

— Et ici, les filles ! Il y a deux autres plaies.

Piper se releva.

— Alors il ne s'agit pas d'un vampire ! Généralement, ils sucent le sang au cou.

Phoebe voulut se relever aussi, mais elle perdit l'équilibre. Elle avança la main pour se retenir et, dans ce mouvement, toucha la jambe de Craig. Là elle s'immobilisa, les paupières fermées.

Piper se figea : sa sœur avait une vision ! Paige se releva à son tour et attendit, les yeux fixés sur Phoebe.

Celle-ci sursauta et se tourna vers ses sœurs en tremblant.

— Qu'est-ce que tu as vu ? demanda Piper.

— Ils lui ont retiré son sang avec... de grandes aiguilles, balbutia Phoebe en déglutissant avec difficulté. Les créatures à têtes de chacal... Je les ai vues retourner à une espèce de salle rituelle... mais c'était bizarre. Elles étaient dans un ascenseur d'hôtel.

— Un ascenseur d'hôtel ?

— Au dernier étage... Oui, je me souviens. Dans la cabine, le dernier bouton était allumé.

— Bon endroit pour caser une bande de démons suceurs de sang ! ironisa Piper.

Phoebe haussa les épaules.

— Je sais que c'est curieux.

— Retournons vite à la tente et parlons-en à Léo.

Les sœurs sortirent du cagibi. Entre-temps, la plupart des autres Wiccas avaient quitté la cave. Il n'y avait plus là que quelques policiers. Piper, Paige et Phoebe se glissèrent discrètement le long du mur et retournèrent à leur tente.

Dès qu'elles furent arrivées, elles appelèrent en chœur :

— Lééééoooo !!!!

Léo apparut immédiatement, Cole à ses côtés.

— Nous allions justement venir, dit le jeune homme. On dirait que Cole a repéré vos démons dans le *Livre des Ombres*.

Phoebe se précipita vers son fiancé.

— Je ne m'attendais pas à te voir !

Elle passa les bras autour de sa taille et l'observa. Costume bleu marine et chemise bleu azur… Cole revenait sans doute d'un entretien d'embauche. Il avait l'air fatigué, mais ses yeux brillaient.

Le jeune homme embrassa Phoebe sur le front.

— Je voulais prendre de vos nouvelles. Tout va bien ?

— Pas vraiment, répondit Phoebe. Nous venons de découvrir que nos démons prennent le sang de leurs victimes.

— Mais ce ne sont pas des vampires, précisa Paige. Phoebe a eu une vision. Les kidnappeurs utilisent des aiguilles !

— Et ils sont passés de l'enlèvement à l'assassinat, conclut Piper. Ce qui veut peut-être dire que toutes les autres victimes sont déjà mortes…

Elle se mordit les lèvres. Dans quel état étaient Tessa et Taryn ? Les larmes montèrent aux yeux de la jeune femme, mais elle serra les poings. Ce n'était pas le moment de craquer !

Cole repoussa délicatement une des mèches de Piper derrière son oreille.

— C'est un peu tôt pour avancer ce genre de chose, tu sais…

— Et vous ? demanda Phoebe. Qu'avez-vous trouvé ?

— Le fait que le sang ait été prélevé va dans le sens de notre théorie, dit Léo. Nous tenons presque nos bonshommes ! Paige, peut-être devrais-tu téléporter le *Livre des Ombres* ici. Ainsi vous pourriez lire par vous-mêmes.

Paige interrogea ses sœurs du regard. Normalement, le *Livre des Ombres* ne devait pas sortir du manoir.

— D'accord, fit Piper, c'est un cas spécial.

Paige ferma les yeux et tendit les mains.

— *Livre des Ombres !*

Une vive lumière blanche tourbillonna dans ses mains, et le gros manuscrit familial se matérialisa devant elle.

La petite bande se regroupa autour du livre. Comme toujours, il s'était ouvert à la page qui les intéressait. Dans le cas présent il leur offrait le dessin d'une créature au visage de chacal. Un frisson d'effroi parcourut le dos de Piper. C'était bien ce qu'elle avait vu sur la vidéo. Elle se redressa : quel que soit l'ennemi, il fallait faire face.

Piper prit le livre des mains de Paige et commença :

— « Anubi : Les premières informations concernant les Anubi remontent à l'Égypte ancienne et proviennent du delta du Nil. Les Anubi étaient des demi-dieux, fervents admirateurs du dieu Anubis, lequel décidait du destin des âmes après la mort. Après avoir trahi Anubis, les Anubi furent exilés et condamnés à vivre et à mourir comme de simples mortels. »

Piper posa le livre et leva les yeux vers Cole.

— Mais s'ils sont devenus mortels il y a des milliers d'années, comment se fait-il qu'ils se baladent à Las Vegas au début du XXIe siècle ?

— Lis encore…

Piper prit une longue inspiration.

— « Des décennies après leur mise en exil, les Anubi ont commencé à faiblir. Ils sont alors allés voir une sorcière pour qu'elle les aide à retrouver leur statut de demi-dieu. Comme la sorcière n'a rien pu faire, ils l'ont tuée et ont bu son sang. C'est ainsi qu'ils ont découvert qu'en buvant le sang des sorcières ou des sorciers, ils reprenaient des forces. Et retrouvaient la vie éternelle... »

Paige s'assit sur son lit.

— Ah, ça commence à prendre tournure !

— « Les Anubi aspirent le sang, continua Piper, mais ils n'en boivent qu'un peu à la fois. Ils le conservent dans des bocaux pour les futurs démons. »

Phoebe commença à faire les cent pas dans la tente.

— Existe-t-il un sortilège d'anéantissement ? J'espère que oui, comme ça on se débarrassera d'eux vite fait, bien fait !

Piper tourna les pages avec impatience. Soudain elle tapa du poing sur le texte.

— Je l'ai ! Maintenant il nous suffit de trouver dans quel hôtel ils sont descendus et de leur mettre la main dessus.

— Ils sont à l'hôtel ? s'étonna Cole.

— D'après ma vision, oui, répondit Phoebe.

Piper ferma le livre et le tendit à Léo.

— Résumons, commença Paige. On a affaire à de vieux démons de l'Égypte ancienne qui viennent à Las Vegas...

— Le climat semble leur convenir ! affirma Phoebe en s'éventant avec une feuille de papier.

— ... pour gagner un peu de sous au casino, continua Paige, voir un spectacle ou deux, constituer une réserve de sang...

Soudain Phoebe s'arrêta net.

— J'y suis ! s'écria Phoebe. Il y a un casino en forme de pyramide, vous vous souvenez ? Celui qui a un grand rayon laser à son sommet ?

Paige bondit de son lit.

— Le Luxor !

Elle ouvrit son sac, sortit un plan de Las Vegas et l'étala sur la table.

— C'est là, tout au bout ! Vous savez quoi ? Je me demande si ces Anubi ne rôdent pas par là… Et je parie qu'avec leur allure, ils n'attirent même pas l'attention des clients. Les gens doivent penser qu'ils font partie du décor. Mais pourquoi n'y avons-nous pas pensé plus tôt ?

— Mieux vaut tard que jamais ! certifia Piper en prenant le plan. Allons-y ! Sus aux chacals !

Le serviteur entra dans la cellule de son maître. Il portait un long manteau noir qui se balançait à chacun de ses pas. Des bougies noires étaient posées le long des murs, et leurs flammes dansaient sur son passage.

Le Sérénissime était à genoux devant l'autel maculé de sang, les yeux fermés, les mains croisées. Sans un mot, le serviteur se posta derrière lui.

— J'espère que tu ne viens pas déranger ma méditation pour de viles peccadilles, s'inquiéta Le Sérénissime.

— Jamais je ne l'oserais, Votre Grâce, répondit le serviteur en faisant une révérence. Je vous apporte de bonnes nouvelles.

Le Sérénissime baissa les mains et se leva lentement. Puis il se retourna et releva sa capuche. Le Mal sous sa forme la plus pure, la plus effrayante, emplissait ses yeux.

— Parle !

— C'est confirmé, Ô Sérénissime, dit le serviteur en faisant une autre révérence. Elles existent. Et elles sont ici.

— Les *Charmed*…

— Leur pouvoir est encore plus grand que nous ne l'imaginions, Votre Grâce. Leur sang est pur et puissant. Si nous parvenons à les capturer, nous aurons ce qu'il nous faut pour arriver à nos fins. Pour devenir à nouveau ce que nous étions.

— Tu as dit « si nous parvenons à les capturer ». As-tu quelque raison de croire que ces… *filles* sont plus fortes que nous ? insinua Le Sérénissime.

Le serviteur recula d'un pas.

— Non. Elles sont très puissantes, mais pour l'instant, elles ont la tête ailleurs. Elles sont aussi très confiantes et… naïves.

— Alors ce sera facile de les capturer, dit Le Sérénissime en abaissant sa capuche.

Il reprit sa position de méditation et ajouta :

— Aussi facile que de compter jusqu'à trois…

CHAPITRE 9

Piper sortit en premier de la tente et se dirigea vers le parking. Il fallait aller au Luxor au plus vite. Oui, mais... comment faire en arrivant là-bas ?

— Piper ! cria Léo en la rattrapant. Où est-ce que tu vas ?

Le jeune homme était de retour. Il avait rapporté le *Livre des Ombres* au manoir puis était revenu à Las Vegas pour donner un coup de main aux trois sœurs.

— À la voiture, voyons ! rétorqua Piper. Qu'est-ce que tu imagines ?

— Et pourquoi on ne se téléporterait pas ? Cela irait plus vite !

Paige, Phoebe et Cole qui arrivaient à leur tour acquiescèrent.

— Mais se téléporter où, exactement ? demanda Piper. On ne peut pas débarquer dans la chambre du premier touriste venu ou en plein milieu du casino. De plus, Phoebe doit écrire une incantation, elle pourrait le faire tranquillement dans la voiture.

— Piper n'a pas tort, concéda Léo.

— C'est bien pour cela que c'est l'aînée ! ironisa Paige.

Le parking était presque désert. Piper ouvrit la portière de la décapotable et s'assit au volant. Phoebe, Cole et Paige s'installèrent sur la banquette arrière. Léo allait s'asseoir près de sa femme quand des pas se firent entendre sur le gravier.

Piper se retourna : Christian et Jasmine les rejoignaient au pas de course. Il ne manquait plus que ça !

— Où allez-vous ? demanda Jasmine en reprenant son souffle.

La jeune fille portait son inévitable panoplie noire : chemisier, jupe, collants avec d'immenses bottes. Piper leva les yeux au ciel. Comment faisait Jasmine pour s'habiller ainsi par une telle chaleur ?

— Vous partez en mission ? continua Jasmine. Vous allez encore vous servir de vos pouvoirs ?

— En fait… nous allions simplement… observer les tigres, répondit Piper. Alors, à plus tard !

— Les tigres ? ironisa Christian. Il y a une heure, vous insistiez pour voir le corps de Craig, et maintenant vous partez en balade ?

Le jeune homme était devenu arrogant et vindicatif. Piper préférait presque le Christian hagard et inoffensif.

— Mais oui, nous allons au Mirage ! assura Paige. Les animaux sauvages ont des effets calmants sur les nerfs, tout le monde sait ça. D'ailleurs, on vous proposerait bien de venir avec nous, mais la voiture est pleine…

— Écoutez, si vous avez la moindre piste concernant le meurtrier de Craig, il faut me le dire ! fit Christian. Vous ne pouvez pas me laisser en dehors de ça !

C'est alors que Jasmine posa la main sur le bras de Léo. Elle le dévorait des yeux.

— D'où est-ce que tu viens, toi ? demanda-t-elle en rejetant ses boucles en arrière. As-tu aussi des pouvoirs particuliers ?

Cette fille était vraiment gonflée !

— Bon, ça suffit ! intervint Piper. Monte, Léo !

Le jeune homme s'installa rapidement sur le siège passager et ferma la portière. Puis, d'un geste, Piper figea Christian et Jasmine sur place.

— Tu n'avais pas besoin de faire ça ! gronda Paige.

— Oh, que si !

Et Piper démarra. Juste avant d'atteindre le chemin de terre, elle leva la main et claqua les doigts pour rendre leur liberté à Jasmine et Christian.

Ça lui apprendrait, à cette effrontée… pas question de s'intéresser à son homme ! Ni de retarder les *Charmed* dans leur mission.

Piper entra dans le Luxor et écarquilla les yeux. Cet endroit était gigantesque ! Phoebe non plus n'en revenait pas. Que de monde ! La réception, le hall et le casino étaient pleins à craquer. Une vraie fourmilière ! Mais une fourmilière bruyante et très chargée question déco. Partout où Phoebe posait les yeux, elle voyait un sphinx ou une statue de Ramsès.

— Bon sang, où sont les ascenseurs ? demanda-t-elle.

Paige remarqua de petites flèches sur les murs.

— Hé ! C'est par là ! Ils doivent être au bout de ce couloir !

— O.K. fit Piper. Allons-y !

Soudain Piper crut entendre son nom. Elle sentit alors une main contre son dos, et son cœur fit un bond. La jeune femme se retourna : Taryn et Tessa se tenaient juste devant elle.

— Salut ! dit Tessa en prenant une longue inspiration. Désolée de t'avoir fait peur.

Piper tenta un sourire. Une fois de plus, les deux filles portaient du noir de la tête aux pieds. Avec leurs coupes stylisées, on aurait dit des mannequins. Mais ces deux jeunes femmes-là ne jouaient pas aux gravures de mode…

— Qu'est-ce que vous faites ici ? demanda Piper.

— Eh bien, on vous a suivies, avoua Tessa. On a appris que vous aviez examiné le corps de Craig. Alors on s'est dit que vous aviez trouvé sûrement quelque chose au sujet de Tina.

Comment annoncer à ces gamines que leur sœur était probablement morte dans d'abominables souffrances, et que son sang avait été récupéré par une bande de démons ? D'ailleurs, pouvaient-elles seulement concevoir l'existence de démons ?

— Piper, je sais... précisa Taryn. Tina est probablement morte et nous devons vivre avec cette idée. Mais si vous cherchez l'assassin, emmenez-nous avec vous. Je veux voir la personne qui a tué ma sœur.

Les yeux bleus de Taryn étaient déterminés. Impossible de lui dire non ! La jeune femme se tourna alors vers Phoebe et Paige, qui acquiescèrent d'un signe de la tête... Il était temps de révéler quelques secrets à Tessa et à Taryn.

— Il faut que je vous prévienne : le meurtrier n'est peut-être pas un humain.

— Tu... peux répéter ça ? balbutia Tessa.

— C'est difficile à croire, intervint Phoebe, mais les démons existent. Certains d'entre eux sont peut-être responsables des enlèvements. Et de la mort de Craig.

— Les démons existent... murmura Taryn d'une voix blanche. Soit ! Allons nous occuper d'eux !

— C'est entendu ! Mais quand nous les aurons trouvés, restez en retrait. Nous ignorons ce qui va se passer.

— D'accord, répondit Tessa.

Le petit groupe avança vers l'ascenseur. Piper n'osait pas se retourner, de peur d'affronter les regards de Cole et de Léo. Ils n'approuvaient sûrement pas ce qu'elle venait de faire. La jeune femme appuya sur le bouton d'appel de l'ascenseur. À cet instant, Cole se planta devant elle.

— Piper, je ne pense pas que ce soit une bonne idée. Comment fera-t-on pour se battre si on doit en même temps protéger ces deux filles ?

— Enfin, Cole ! protesta Piper. Tu te rends compte à quel point c'est important pour elles ?

Puis elle se tourna vers Léo.

— Si la situation se gâte, je veux que tu les téléportes hors d'ici. D'accord ?

— D'accord, maugréa Léo.

Les portes de l'ascenseur s'ouvrirent enfin. Tout le monde entra dans la cabine et Piper appuya sur le bouton du dernier étage.

— C'est parti !

L'ascenseur s'arrêta au dernier étage et Phoebe en sortit la première.

— Ça doit être là...

Elle avança dans un long couloir à peine éclairé.

— C'est trop calme, ici... Et il fait beaucoup trop chaud !

Piper suivit sa sœur en silence. Elle aussi avait de la peine à respirer. De toute évidence, la climatisation ne fonctionnait pas à cet étage.

— Attendez une seconde, fit Paige. Vous entendez ?

Piper tendit l'oreille. Un genre de mélopée parvint à ses oreilles. Elle frissonna.

— Ça doit être ici !

Piper sentit monter en elle une poussée d'adrénaline, comme chaque fois qu'elle s'apprêtait à livrer un combat. Elle se retourna vers Tessa et Taryn : les deux jeunes filles étaient livides.

— Vous deux, vous restez derrière. Compris ?

Piper se mordit les lèvres. Jamais elle n'aurait dû les autoriser à venir. Pourtant, il était trop tard pour revenir en arrière !

Piper posa la main sur la poignée de la porte.

— O.K. Je compte jusqu'à trois. Un... deux... trois !

Elle ouvrit brusquement. Tous les meubles de la pièce avaient été poussés contre les murs. Un cercle était tracé au sol, avec, dans son centre, une pyramide. Les trois Anubi se tenaient dans ce cercle.

Ils mesuraient au moins deux mètres cinquante !

— Qui ose entrer ici ? gronda une voix caverneuse.

Piper frissonna. Les yeux du démon brûlaient comme de la braise. La créature tendit soudain son bras. Mais, avant que le démon puisse activer un quelconque pouvoir, Phoebe sauta en l'air, y flotta un quart de seconde, puis envoya un puissant coup de pied dans la gueule de l'Anubi. La tête du démon pencha légèrement puis se redressa.

Phoebe, elle, retint un cri de douleur puis redescendit sur le sol et massa son pied.

— Phoebe ! s'écria Cole en se précipitant vers elle.

— Ils ont la tête dure ! geignit la jeune femme. Très, très dure !

Tessa avança d'un pas.

— Ah, c'est ça, ton pouvoir ! Tu sais voler !

— Pas vraiment, intervint Paige, mais franchement, ce n'est pas le moment d'en discuter. Phoebe, le sortilège ! Vite !

Un Anubi s'approchait d'eux à grands pas. Cole aida alors Phoebe à se redresser et la jeune femme se dirigea vers ses sœurs. Mais l'un des Anubi la projeta à l'autre bout de la pièce d'un coup à travers la figure. Elle tenta de se relever, hélas, un masque égyptien accroché au mur tomba sur sa tête et elle s'évanouit. Cole assena un coup de poing à l'Anubi, mais celui-ci l'envoya dans le mur d'un simple revers de la main.

Léo avait entraîné Tessa et Taryn sur le côté et s'était posté devant elles pour les protéger. Piper voulut se précipiter au secours de Phoebe et de Cole, quand l'Anubi lui bloqua le passage.

Soudain, l'un des Anubi leva ses paumes et une boule d'énergie orange apparut devant sa main. Le monstre la poussa en direction de Paige mais heureusement, la jeune sorcière disparut dans une lumière blanche en hurlant. La boule d'énergie de l'Anubi continua sa trajectoire et explosa là où Paige se trouvait une seconde plus tôt. Un miroir vola en éclats et le papier peint fut en partie brûlé.

Tessa se mit à crier. Piper se retourna : les deux gamines et Léo avaient été touchés par les éclats du miroir. Leurs mains et leurs visages saignaient abondamment.

— Léo ! cria-t-elle. Ça devient beaucoup trop dangereux, ici !

— Compris !

Instantanément, il se téléporta hors de la pièce avec les deux filles, malgré leurs protestations. La détermination de ces gamines était impressionnante. À leur place, Piper aurait préféré sortir au plus vite d'un tel endroit.

Soudain, Paige réapparut de l'autre côté de la pièce et les Anubi se précipitèrent vers elle, les yeux brillants.

— Sorcière ! s'écrièrent-ils de leurs voix puissantes.

L'un des Anubi sortit une longue aiguille de son manteau et un autre apporta un bocal en or.

Piper vacilla. Non, pas ça !

Au même instant, Phoebe reprit connaissance dans les bras de Cole.

— Piper ! Fais quelque chose !

Piper tendit aussitôt ses mains vers l'Anubi, et le démon explosa dans un éclair de lumière rouge. La chaleur était incroyablement intense. Paige laissa échapper un cri et se cacha le visage dans les mains.

Les deux Anubi se tournèrent alors vers Piper.

— Tu vas payer pour ça, sorcière ! menaça l'un d'eux.

— Ça m'étonnerait ! lâcha Piper. Tu sais, Phoebe, finalement, on n'aura pas besoin du sortilège d'anéantissement.

Piper avança de nouveau sa main et le deuxième Anubi disparut à son tour. Le dernier démon poussa un hurlement terrifiant. La jeune femme s'apprêtait à lui régler son sort quand Phoebe s'élança dans l'air et retint le bras de sa sœur.

— Euh... si on en gardait un pour l'interroger?

La porte s'ouvrit alors, et Léo entra, suivi de Tessa et de Taryn.

— C'était quoi, ce hurlement?

— Un démon qui réalise qu'il est seul au monde, répondit Piper.

L'Anubi retira sa main et une boule orange apparut.

— Dis tes prières, sorcière!

— Ces types adorent les phrases qui tuent! commenta Paige. Attends un peu... Boule d'énergie!

Et la boule arriva dans la main de la sorcière. L'Anubi poussa un hurlement de rage, et Phoebe en profita pour lui envoyer un coup de pied dans le ventre. La jeune femme sauta sur le monstre et le colla au sol.

— Superplaquage, félicita Piper.

— C'est la seule solution que j'ai trouvée.

Phoebe se tortillait pour maintenir son prisonnier au sol. Celui-ci se cabrait de toutes ses forces.

— Eh, les garçons! Ça vous embêterait de me donner un coup de main? lança la jeune femme.

Les deux amis se précipitèrent pour l'aider.

— Mon vieux, commenta Paige, tu n'iras plus nulle part maintenant! Pas avant de nous avoir dit ce que tu as fait des Wiccas.

L'Anubi laissa échapper un rire cruel.

— Les Wiccas ? Ils sont tous morts ! Mais on a encore leur sang, si ça vous intéresse.

Et il désigna une rangée de bocaux alignés sur le rebord de la fenêtre.

Piper sentit son cœur défaillir. Il y avait au moins vingt bocaux. Si chacun d'entre eux contenait le sang d'un sorcier, on dénombrait beaucoup plus de victimes que prévu. Les jambes chancelantes, elle se tourna vers Tessa et Taryn. Livides, les deux jeunes filles attendaient près de la porte. Taryn avança d'un pas.

— Ça veut dire que… que Tina est…

Et elle s'évanouit. Aussitôt, Tessa éclata en sanglots.

C'en était trop ! Piper se dirigea lentement vers l'Anubi, leva la main et, après avoir laissé quelques instants à ses amis pour s'éloigner, elle désintégra le monstre.

CHAPITRE 10

Dans la voiture, pendant le retour au campement, tout le monde gardait le silence. Piper, qui conduisait, jeta un coup d'œil dans le rétroviseur. Blotties l'une contre l'autre à côté d'une Phoebe éreintée et couverte de bleus, Taryn et Tessa sanglotaient.

Piper soupira. Après avoir supprimé les Anubi, elle avait passé un appel anonyme à la police pour annoncer qu'on avait retrouvé les kidnappeurs de Wiccas. Difficile d'imaginer la réaction des policiers quand ils découvriraient les lieux ! Pas de cadavres, pas d'assassin, même pas d'empreintes digitales…

Piper gara la voiture. Il ne restait que quelques rares voitures sur le parking, et le ciel commençait à se couvrir. La température avait chuté et un petit vent soufflait par rafales. La jeune femme soupira. Elle se retourna : dans la voiture, personne ne bougeait.

— Dites, les filles, lança-t-elle doucement, on est arrivées ! Mais si vous voulez rester là…

— Non, non, ça ira, répondit Tessa en se redressant.

La jeune fille s'extirpa péniblement du cabriolet. Chaque mouvement semblait lui demander un effort surhumain. Piper eut les larmes aux yeux. Cette pauvre gamine se remettrait-elle du choc ?

Tessa regarda autour d'elle.

— Ils sont tous partis. C'est devenu sinistre ici...

— Je pense que nous devrions laisser la police se charger de toute l'affaire, déclara Piper. Sinon il nous faudra répondre à des milliers de questions.

— Très juste, reconnut Paige.

Phoebe descendit à son tour de la voiture et s'étira. Puis elle se tourna vers Tessa et Taryn.

— Vous savez, il serait préférable de ne jamais raconter ce que vous avez vu aujourd'hui. Jamais !

— Promis, nous n'en parlerons à personne, assura Tessa. Sans vous, nous n'aurions sans doute jamais su ce qui est arrivé à Tina. Maintenant que nous savons, nous pouvons essayer de reprendre nos vies là où nous les avons laissées.

Le petit groupe se dirigea lentement vers le réfectoire. Depuis la découverte du corps de Craig, le bâtiment était devenu une sorte de cellule de crise. Les communautés se retrouvaient là à la fois pour se remonter le moral et se sentir en sécurité.

Phoebe ouvrit la porte et une trentaine de visages se tournèrent vers elle. La jeune femme parcourut la pièce du regard. À la table la plus proche, la communauté de Jasmine jouait au tarot. Celle de Christian était installée un peu plus loin. Les femmes habillées en blanc étaient également là avec, au milieu d'elles, Marcia Farina, très pâle.

Piper entraîna son petit monde vers la table la plus proche. Christian et Jasmine se levèrent pour lui parler mais, à ce moment, un policier jeune et mince entra. Il s'éclaircit la gorge timidement.

— Nous avons reçu un appel anonyme nous indiquant l'endroit où se trouvaient les kidnappeurs. Quand nos enquêteurs sont arrivés sur les lieux, ils n'ont trouvé personne. Seulement des indices qui laissent à penser que les personnes enlevées sont décédées.

— Vous avez attrapé les types qui ont fait ça? demanda Christian.

— Nous avons des raisons de croire que les coupables sont morts.

— C'est du bidon ! cria le jeune homme. Qu'est-ce que ça veut dire, « Nous avons des raisons de croire » ?

Le policier recula d'un pas.

— Ce sont les seules informations que je peux vous donner pour l'instant.

— Je veux savoir et...

— Christian ! interrompit Phoebe. Calme-toi, s'il te plaît.

Elle le fixa intensément. Le jeune homme s'apaisa et se tourna vers le policier.

— Désolé, monsieur. Je suis un peu énervé…

— C'est tout à fait compréhensible, reconnut le policier. Mais vous n'avez plus rien à craindre maintenant.

Un soupir de soulagement parcourut l'assemblée. Piper tourna la tête vers Marcia. Elle avait posé sa tête sur son bras replié. Elle devait être à bout de nerfs.

Dès que le policier fut sorti, Christian et Jasmine se précipitèrent vers Piper.

— Dis donc, toi ! commença Jasmine, tu ne peux pas juste figer les gens et t'en sortir sans explications !

— Oublie ça ! intervint Christian. Racontez plutôt où vous êtes allées quand vous nous avez plantés ici ?

— Nous nous sommes occupées des assassins, dit simplement Piper. Il ne vous reste plus qu'à nous remercier…

Et la jeune femme se leva. Il était hors de question qu'elle se laisse harceler après ce qu'elle venait d'endurer. Elle avait rendu un fier service aux Wiccas, elle méritait bien qu'on lui fiche la paix.

Christian barra le passage à Piper.

— Dis-moi qui a tué Craig !

Phoebe et Paige s'approchèrent de leur sœur. Piper respira à fond. À elles trois, elles étaient les plus fortes.

— Écoutez, reprit-elle. Si nous vous disons la vérité, vous ne nous croirez pas. Alors il faut accepter que les types qui ont tué Craig, et plein d'autres personnes, sont morts.

— Tu veux dire que… tous ceux qu'on a enlevés sont… morts ? balbutia Jasmine.

— On dirait, oui, dit calmement Piper. Maintenant, nous aimerions vraiment retourner à notre tente. Christian, si tu veux bien nous laisser passer.

— Pas avant de…

— Christian, s'il te plaît… intervint Tessa, on a tous eu une rude journée.

La jeune fille semblait avoir repris le dessus. Christian leva les sourcils, puis, sans un mot, s'écarta et laissa passer le petit groupe.

Une forte bourrasque accueillit les trois sœurs à la sortie du réfectoire et elles coururent jusqu'à leur tente. Une fois arrivée, Piper se laissa tomber sur son lit de camp.

— Au moins, c'est terminé !

Et elle se mit à fourrager dans ses affaires.

— Qu'est-ce que tu fais ? demanda Phoebe.

— Mes bagages ! Nous avons fait ce pour quoi nous étions venues. Maintenant, nous pouvons rentrer chez nous.

Phoebe et Paige échangèrent un coup d'œil surpris. Piper fronça les sourcils : il était hors de question qu'elle reste dans ce campement infernal.

— Je parie que les Wiccas vont revenir, maintenant que nous avons éliminé les Anubi, plaida Phoebe. Ils ne voudront pas louper la cérémonie. C'est vraiment très important pour eux.

— Pour eux, peut-être, ironisa Piper. Pas pour nous, tout de même ?

Phoebe détourna les yeux et se mordit les lèvres.

— Ce n'est pas possible, Phoebe ! reprit Piper. Ne me dis pas que tu es entrée à fond là-dedans !

— J'ai mis pas mal d'énergie à écrire notre message pour cette fichue cérémonie. Je refuse de partir avant qu'il ait été lu !

Paige vint se planter à côté de Phoebe et croisa les bras.

— Deux contre un, Piper ! Qu'est-ce que tu dis maintenant ?

Piper considéra calmement ses sœurs. Elles étaient déterminées à rester jusqu'à la fin de ce Sabbat.

— Bon, c'est d'accord. Mais pour les prochaines vacances, je peux vous garantir que nous irons à Hawaï !

Elle envoya son sac sous le lit d'un coup de pied et s'allongea. En éclatant de rire, Phoebe et Paige commencèrent à discuter des tenues qu'elles porteraient pour la cérémonie.

Piper leva les yeux au ciel : si elle arrivait à passer cette soirée sans un seul fou rire, ce serait un miracle !

Les nuages avaient disparu et des millions d'étoiles scintillaient dans le ciel. Le vent s'était calmé, et seule une petite brise légère faisait danser les fleurs sur l'autel. Assise près du feu de bois avec le reste des communautés, Paige profitait pleinement de la joie et de la paix qui l'entouraient.

Après avoir fui, certaines communautés étaient effectivement revenues pour la cérémonie. Tout le monde avait choisi sa tenue avec soin. La plupart des femmes portaient des fleurs dans les cheveux et certains hommes arboraient des casques à cornes. Même le groupe de Jasmine avait mis de la couleur en l'honneur du solstice d'été : foulards pourpre et rouge, bijoux en verroterie multicolore.

Paige avait choisi un petit caraco paysan au décolleté généreux et elle avait tissé des fleurs blanches et jaunes dans ses tresses. Phoebe, elle aussi, avait accroché des fleurs dans ses cheveux. Les deux sœurs avaient eu un mal fou à persuader Piper d'en faire autant. Elle avait fini par accepter, à condition qu'elle puisse rester en jean.

Paige se pencha vers l'oreille de Piper.

— C'est trop cool…

— Euh… oui. Ça sert à quoi, déjà ?

Paige sourit.

— Nous renouvelons notre fidélité à la règle Wicca et à la Déesse. Et si tu rigoles, je te botte le derrière !

Piper se contenta de sourire et se tourna vers Marcia. Debout devant l'autel décoré de draps blancs et de bougies, elle lisait à haute voix les messages écrits par les différentes communautés. Les textes se suivaient avec une telle fluidité qu'on aurait cru qu'ils émanaient tous du même auteur.

Maria portait une jolie robe blanche à fines bretelles et, sur la tête, une couronne dont les rubans tombaient sur ses épaules. Sa voix était posée et rassurante. Pour la première fois, elle avait l'air calme.

— Je commence à être fatiguée, souffla Piper dans un énorme bâillement. Tu crois que c'est bientôt fini ?

— Écoute un peu, Piper ! gronda Phoebe. Je crois qu'on arrive au passage que j'ai écrit !

— Et n'oublie pas qu'après, il y aura des gâteaux et de la bière, renchérit Paige.

— Ah oui ? ironisa Piper. Alors je vais faire un petit effort…

À cet instant, Phoebe donna une petite tape sur la cuisse de Piper.

— Voilà ! C'est mon texte ! Écoutez, les filles !

Vénérable Dame, en cette nuit nous te remercions
Pour ceux qui sont entrés dans nos vies par ton amour,
Pour ceux qui partagent ta sagesse et ta lumière,
Pour les fruits de ta force et de ta puissance.
Pour que la paix règne enfin autour de nous et en nous.

Phoebe afficha un sourire béat pendant que Marcia poursuivait sa lecture.

— Phoebe, je suis vraiment impressionnée ! déclara Piper. Tu as un don pour ça.

— Je te remercie, répondit Phoebe en rougissant.

— Ce passage sur la paix, intervint Paige, tu savais déjà qu'on allait attraper ces démons, n'est-ce pas ?

— Je l'espérais…

Marcia s'éloigna de l'autel et leva ses paumes vers le ciel. Elle tourna son visage vers les étoiles et ferma les yeux.

— Accepte nos paroles de dévotion en cette nuit bénie. Encore une fois, nous te dédions notre foi et notre vie. Que ton pouvoir vive en nous et par nous durant cette nouvelle année.

— Qu'il en soit ainsi ! s'exclama Paige en se relevant avec la foule.

Phoebe et Piper se regardèrent en riant. Leur petite sœur jouait le jeu à fond ! Tout le monde s'embrassa puis se mit à danser.

— Les gâteaux et la bière ! annonça quelqu'un.

Paige se retourna. Christian et son convent apportaient des plateaux couverts de fruits et de gâteaux terriblement appétissants. Difficile de résister à un tel festin !

— Tiens, je n'ai pas vu Tessa, remarqua Paige. Ni Taryn, d'ailleurs !

— Elles sont parties, rétorqua Piper. Tessa a dit qu'elles étaient épuisées et qu'elles préféraient rentrer.

— Elles me faisaient de la peine, cet après-midi, intervint Phoebe. Piper, tu crois que Taryn surmontera le choc ?

Piper hocha la tête pensivement.

— Cela prendra sans doute du temps, mais elle finira par s'en remettre. En attendant, je pense que nous devrions oublier tout cela et nous amuser au maximum ce soir.

— Salut, les filles ! cria une voix à quelques pas.

Paige se retourna. Jasmine se dirigeait vers elles, toutes boucles au vent. Qu'est-ce qu'elle était jolie ! Elle avait posé sur ses joues une légère poussière d'un pourpre argenté et s'était dessiné une étoile juste au coin de l'œil droit.

— Tu es superbe ! s'écria Paige. Tu devrais porter des couleurs plus souvent, ça te va très bien !

— Oh, merci... répondit Jasmine, l'œil brillant. Tu as essayé ce pain aux raisins ? Il est super bon !

— Pas encore !

— Alors, tu as aimé la cérémonie ? demanda Jasmine en mordant dans son gâteau.

— Oui, c'était très sympa. Et toi ? Qu'est-ce que tu en penses ? Je suppose que c'était mieux les fois précédentes, sans toutes ces histoires...

— Non, non, j'ai trouvé ça très réussi ! Je m'attendais que ce soit un peu bancal, mais je dois reconnaître que Marcia a fait du bon boulot. Je voulais te dire, continua-t-elle, je sais que vous n'êtes pas allées voir les tigres cet après-midi.

Paige entraîna Jasmine à l'écart.

— Qu'est-ce que Tessa et Taryn t'ont raconté ?

— Pas grand-chose. Seulement que vous avez réglé leurs comptes aux kidnappeurs... Ne t'en fais pas. Ton secret est en sécurité avec moi. Je détiens des pouvoirs, moi aussi. Quand on en a, on aime s'en servir, c'est normal.

Paige acquiesça d'un air pensif. Jasmine recommençait à frimer.

— Quel genre de pouvoir as-tu, exactement ?

— Oh, ça n'a rien à voir avec ce que vous savez faire... Non, vous trois, vous êtes vraiment douées !

Paige sourit. C'était la première fois que Jasmine montrait un peu d'humilité.

— Je te les montrerais volontiers, continua Jasmine d'un air de conspirateur, mais je ne voudrais pas effrayer cette bande de ringards. Tu comprends ce que je veux dire...

— Oui, bien sûr.

— Ne t'inquiète pas, un jour je te montrerai...

Que voulait dire Jasmine ? Était-elle vraiment très puissante ? Paige fixa la jeune femme au fond des yeux : une lueur maléfique s'alluma puis disparut. Paige fronça les sourcils. Cela devait être un effet de son imagination.

— Bon, il faut que j'aille au secours de Chloé, reprit Jasmine. Elle devient intenable quand il y a de la bière. Notre communauté est considérée comme l'élite de la côte Est. Je ne veux pas que les tendances alcooliques de Chloé ternissent cette image.

Soudain, des cris s'élevèrent de l'autre côté du feu de camp. Paige se retourna. Christian faisait tournoyer Cheveux rouges dans les airs.

— En effet, concéda Paige, tu ferais mieux d'y aller !

Jasmine pâlit et fonça vers Chloé.

— Allez, viens, Paige ! appela soudain Phoebe. Piper est en train de sauter comme un kangourou !

Paige éclata de rire. Il fallait qu'elle voie ça ! Elle chassa de son esprit la lueur fugitive qui l'avait tant troublée dans le regard de Jasmine. Inutile de s'en faire ! Après tout, les kidnappeurs étaient anéantis : elle pouvait donc s'amuser !

Piper se réveilla en sursaut, le souffle coupé. Une main se plaqua sur sa bouche et ses poignets furent attachés dans son dos. La jeune femme se tortilla dans tous les sens pour voir ses assaillants. Impossible, ils se tenaient derrière elle.

La corde lui labourait la chair. Grognant aussi fort que possible, Piper tourna la tête vers ses sœurs qui dormaient. Mais pourquoi n'entendaient-elles pas tout ce remue-ménage ?

Un kidnapping... Ce n'était pas possible, elle avait désintégré les kidnappeurs. Ils étaient morts !

Elle sentit alors qu'on la tirait hors de la tente. Pourvu que Paige et Phoebe se réveillent ! Mais les deux sorcières ne bougèrent pas d'un cil. Piper continua à les regarder à travers ses larmes jusqu'à ce que la porte de la tente se rabatte devant ses yeux.

Une fois sortie, Piper se tortilla pour repousser les cheveux qui retombaient sans cesse sur son visage. Et, entre deux mèches, elle parvint à voir ses ravisseurs.

— Oh, mon Dieu ! murmura-t-elle à travers son bâillon. Ce n'est pas possible...

Puis une grande douleur envahit sa tête et tout devint noir.

CHAPITRE 11

— Paige ! Paige ! Réveille-toi !

Une lumière aveuglante entrait dans la tente. Quelle heure pouvait-il être ? Tard, sûrement… Pourtant, Paige avait l'impression de n'avoir dormi qu'une heure ou deux.

— Debout, vite ! reprit Phoebe.

Paige repoussa ses draps trempés de sueur. La voix de sa sœur signalait que quelque chose clochait. La jeune femme s'assit. Une douleur aiguë se mit à cogner dans sa tête à chaque battement de cœur.

— Ouille ! Trop de bière !

— Écoute, commença Phoebe, je suis inquiète ! Piper n'est pas là !

— Quoi ?

Cette fois, Paige ouvrit les yeux en grand et se tourna vers le lit de Piper. Le lit était vide, le drap du dessus traînait par terre et l'oreiller était au pied de son lit. Paige se dirigea d'un pas hésitant vers le lit de sa sœur.

— Elle s'est peut-être levée un peu rapidement.

— J'ai un mauvais pressentiment. Ça ne ressemble pas à Piper de partir en laissant un tel fouillis. Et il n'est que sept heures du matin. C'est bien trop matinal pour elle !

— Restons calme. Il faut réfléchir un peu.

Paige s'assit et prit sa tête entre les mains. Piper ne pouvait pas avoir été enlevée. Elles avaient résolu le problème des enlèvements *la veille* !

— Si elle s'est débattue, comment se fait-il que nous ne nous soyons pas réveillées ? Pourquoi n'a-t-elle pas utilisé ses pouvoirs pour pulvériser son ravisseur ?

Phoebe s'assit péniblement au bord de son lit.

— Peut-être ne pouvait-elle pas le faire. Souviens-toi… Les communautés qui ont subi des enlèvements ont dit que personne n'avait rien entendu. Et n'oublie pas que nous nous sommes couchées très tard hier soir… Nous dormions donc à poings fermés…

Elle se tut un instant puis regarda Paige droit dans les yeux.

— Et si ce n'étaient pas les Anubi qui avaient enlevé tous ces Wiccas ? Et si le kidnappeur courait toujours dans la nature ?

— Mais nous avons mis un sortilège de protection sur la tente ! cria Paige, désespérée. Il est impossible que quelqu'un soit passé au travers.

Elle se tut, incapable de respirer. La peur lui vrillait le ventre. Elle serra l'oreiller froid de Piper dans ses bras. Soudain elle leva la tête.

— Qu'y a-t-il ? demanda Phoebe.

— Jasmine... murmura Paige. Elle m'a dit un truc hier soir... Oh, mon Dieu... !

— Quoi ? Qu'est-ce qu'il se passe, Paige ?

— Jasmine m'a dit qu'elle avait des pouvoirs et qu'elle me les montrerait en temps voulu. Sur le moment, je me suis dit que c'était du Jasmine tout craché...

— C'est peut-être de ça qu'elle parlait. C'est peut-être elle qui a enlevé Piper. Et elle aurait pu passer à travers notre sortilège de protection puisque nous étions plutôt en bons termes avec elle.

Paige se leva, tremblant de tout son corps.

— Un soir, tu sais, elle m'a dit que Craig avait vraiment mérité ce qui lui était arrivé ! Phoebe, j'aurais pu empêcher ça ! J'aurais dû vous raconter ce qu'elle m'avait dit... Tout est de ma faute ; hier soir Piper voulait rentrer et moi j'ai pleurniché pour rester.

Phoebe serra la main de Paige pour la réconforter.

— Tu sais, moi aussi, j'ai insisté ! Mais viens, il faut vite trouver Jasmine.

Paige enfila rapidement ses sandales puis, toujours en pyjama, les deux sœurs traversèrent le campement au pas de course.

Le coin où se dressait la tente de Jasmine était parfaitement calme. Phoebe poussa le rabat de la porte et Paige entra sans hésiter. À l'intérieur, un incroyable fouillis leur donna envie de reculer. Le lit de Chloé, placé au milieu de la tente, était entouré d'un cercle de bougies consumées. Des vêtements et des écharpes traînaient par terre au milieu de verres à moitié vides.

La tête au pied du lit, Chloé ronflait bruyamment. Annie semblait elle aussi dormir. Paige se tourna vers le troisième lit et reconnut les boucles de Jasmine. La fille portait un masque de satin noir sur les yeux et ses cheveux étaient joliment posés sur l'oreiller.

— Jasmine ! dit Paige en la secouant. Réveille-toi ! Il faut qu'on te parle !

— Qu'est-ce qui se passe ? demanda Jasmine en se frottant les yeux. Qu'est-ce que vous faites dans ma tente ?

— Dis-nous plutôt ce que *toi* tu faisais dans *notre* tente, la nuit dernière ? rétorqua Paige.

Annie émergea, le visage tout fripé de sommeil.

— Mais qu'est-ce qu'il y a ?

— Nous voulons juste interroger Jasmine sur ses pouvoirs, répondit Phoebe en croisant les bras.

— Mes pouvoirs ? lança Jasmine. Vous me réveillez aux aurores pour m'interroger sur mes pouvoirs ?

— Oui ! Est-ce que l'un d'entre eux consiste à kidnapper des innocents en pleine nuit ? demanda Paige.

— Quoi ? s'affola Jasmine. Quelqu'un a disparu ?

— Joli coup d'essai, Jasmine ! ironisa Paige. Tu ferais mieux de nous montrer ce que tu sais faire, sinon nous allons directement à la police.

— La police ?

— À moins qu'on ne s'occupe de toi à notre façon, renchérit Phoebe.

La menace pouvait être efficace.

Effectivement, Jasmine se leva. Elle passa devant Paige et Phoebe avec une majestueuse assurance. Sa longue chemise de nuit noire touchait le sol comme une traîne.

— Est-ce qu'on peut discuter dehors ?

Cette fille ne manquait pas de culot. Donner des ordres alors qu'elle se faisait épingler !

Une fois à l'extérieur, Jasmine attrapa Paige et Phoebe par le bras et les entraîna à quelques mètres de la tente. Puis elle jeta un coup d'œil par-dessus son épaule, pour vérifier que personne ne pouvait l'entendre.

— Je n'ai aucun pouvoir, avoua-t-elle en baissant la tête.

Sa voix était tellement éteinte que Paige dut tendre l'oreille.

— Quoi ? Et tout ce discours, hier soir, comme quoi tu me montrerais tes dons en temps voulu…

Jasmine laissa échapper un gémissement.

— Je voulais juste… je ne sais pas… juste…

— Tu voulais nous faire croire que tu avais des pouvoirs, histoire de nous épater ! termina Phoebe avec froideur.

— Je me fiche complètement de vous épater ou non, riposta Jasmine.

Phoebe lui lança un regard assassin et Jasmine baissa les yeux.

— Bon, bon... si vous le prenez comme ça! marmonna la jeune femme. C'est vrai, je ne possède pas de vrais pouvoirs. Mais toute ma communauté pense que j'en ai! Soyez sympas, gardez ça pour vous, d'accord?

— Et pour Craig, pourquoi as-tu dit qu'il l'avait mérité? reprit Paige.

— Vous croyez que je suis impliquée dans la mort de Craig? s'offusqua Jasmine. Que je lui ai retiré tout son sang? Quelle horreur!

Paige et Phoebe échangèrent un regard. Décidément, cette fille était très spéciale.

— J'ai dit ça parce que Craig m'a presque sauté dessus le premier soir, poursuivit Jasmine. Ce type était un véritable harceleur!

— Sur ce point-là, je suis d'accord avec toi, admit Phoebe. Mais il ne méritait pas de mourir pour ça.

Inutile de palabrer des heures pour des broutilles avec cette mythomane.

— Viens, Paige, allons-y!

— S'il vous plaît, les filles! s'écria Jasmine. Vous ne direz rien à personne, d'accord?

— Comme tu voudras, répondit Paige.

Et elle haussa les épaules. La réputation de cette fille était le dernier de ses soucis. Une seule chose la préoccupait: si ce n'était pas Jasmine qui avait enlevé Piper, qui était-ce?

— Je suis complètement perdue, déclara Phoebe en rentrant dans la tente. Qui a pu faire le coup ?

Paige ramassa l'oreiller de Piper.

— Il faut appeler Léo !

— Il va devenir dingue en apprenant ça.

Phoebe allait d'abord refaire le lit et effacer les traces de lutte. Elle se leva et prit l'oreiller des mains de Paige. Alors quelque chose se mit à vibrer au plus profond d'elle et la jeune femme ferma les yeux.

Piper était à genoux, les mains attachées dans le dos et la bouche bâillonnée avec une espèce d'écharpe rouge. Elle se tenait au milieu d'un cercle avec d'autres personnes, prisonnières aussi. La scène se déroulait dans une grande salle où était dressé un autel, avec des bougies noires, un calice et des bandes de gaze pourpre et noir. Soudain, Piper écarquilla les yeux de terreur. Phoebe frissonna. Quelqu'un s'approchait de sa sœur avec un grand couteau...

— Oh, mon Dieu ! souffla Phoebe.

Sa tête se mit à tourner.

— Qu'est-ce que tu as vu ? demanda Paige.

Et elle aida sa sœur à s'asseoir. L'oreiller toujours serré entre ses mains, Phoebe tremblait.

— Une espèce de rituel. Il y avait beaucoup de sorcières et quelqu'un avec un couteau. Paige, c'est horrible ! Ils vont tuer Piper !

— On ne peut plus attendre ! Léo ! Léééooo ! Viens vite !

Avant même que Paige ait fini de hurler, Léo apparut dans un tourbillon d'étincelles blanches et bleues.

— Qu'est-ce qu'il y a ? Tout va bien ?

— Non, Léo, vraiment pas ! dit Paige. Euh... tu devrais peut-être t'asseoir.

— Pourquoi ? Est-il arrivé quelque chose à Piper ? Où est-elle ?

— Piper a été enlevée cette nuit, annonça Phoebe en se triturant les doigts. Je suis désolée. Nous n'avons rien entendu.

Léo bondit sur place.

— Attendez une minute, les filles ! Vous dites qu'elle a été kidnappée ? Mais vous avez anéanti ces...

— Oui, admit Paige. Mais apparemment, il y a un autre kidnappeur. Quelqu'un qui prépare une espèce de rituel.

— De quoi parlez-vous ? Comment pouvez-vous savoir ça ?

Phoebe baissa les yeux.

— J'ai eu une vision. Quelqu'un retient des sorciers et des sorcières... dont Piper... et il va les tuer.

Léo devint aussi pâle que la mort.

— Je vais la retrouver ! Je peux encore la sentir parmi nous. Elle n'a pas été emmenée dans le monde inférieur.

Il commença à se téléporter mais Paige le rattrapa.

— Attends ! On vient avec toi. Tu ne sais pas dans quelle situation tu vas te retrouver. On pourrait avoir besoin du Pouvoir des Trois.

— Entendu !

Il attira Paige vers lui et tendit la main à Phoebe.

— Allons-y ! J'espère seulement qu'on n'arrivera pas trop tard.

Phoebe se leva péniblement. Il fallait qu'elle retrouve ses forces au plus vite, la vie de Piper en dépendait. Elle passa les bras autour de la taille de Léo et tous les trois se téléportèrent.

CHAPITRE 12

Les pieds de Phoebe se posèrent sur le sol ferme. Aussitôt l'adrénaline fusa à travers tout son corps. Puis elle regarda autour d'elle et ses muscles se détendirent un peu. Paige, Léo et elle se trouvaient dans un étroit passage, au milieu d'énormes étagères remplies de caisses en bois. L'air, chargé de poussière, était irrespirable.

— Où sommes-nous ? demanda Paige.

Elle passa une main sur une étagère et la considéra d'un air dégoûté.

— Je ne sais pas où nous sommes, mais ce qui est sûr, c'est que le ménage n'est pas fait souvent !

— On dirait une espèce d'entrepôt, fit Léo.

— C'est impossible, assura Phoebe. Il n'y avait pas tout ce bazar dans ma vision. Et l'entrepôt était immense.

Soudain, une voix à peine plus forte qu'un chuchotement se fit entendre. D'un signe de la main,

Phoebe demanda aux autres de se taire. Le bruit ne mit pas longtemps avant de se reproduire : c'était une voix grave qui semblait provenir de l'autre côté des caissons.

— Suivez-moi, murmura Phoebe.

Elle avança d'un pas aussi léger que possible le long des étagères. Dire qu'elle était encore en pyjama ! Mais bon… à la guerre comme à la guerre ! Heureusement, les baskets qu'elle avait enfilées le matin ne faisaient aucun bruit.

Au fur et à mesure que la jeune femme s'approchait, la voix devenait plus forte. Pourtant elle ne pouvait toujours rien voir. Elle fit encore quelques pas, puis s'adossa contre les derniers caissons. Paige et Léo l'imitèrent aussitôt.

— Que personne ne bouge ! lança la jeune sorcière.

Elle essuya ses mains un peu moites, puis jeta un coup d'œil au-delà des derniers caissons. Elle sursauta : c'était l'entrepôt de sa vision ! Mais avec un détail imprévu… Christian était là, appuyé contre le mur du fond. Les mains dans le dos, il suivait des yeux tout ce qui se passait dans ce temple de fortune. Le jeune homme portait un T-shirt noir et son visage affichait une expression d'une cruauté rare. Les membres de sa communauté étaient alignés contre les murs. Tous avaient des visages de marbre.

— C'est Christian, bredouilla Phoebe. C'est lui qui est derrière tout ça !

— Christian ? s'étonna Paige. Comment est-ce possible ?

— Je n'en sais rien…

Christian avait pourtant l'air surpris quand elle lui avait annoncé que les Wiccas les plus puissants se faisaient enlever. Il avait même semblé inquiet. Il jouait bien la comédie… Et que venaient faire la mort de Craig et les Anubi dans tout cela ?

— Est-ce que tu vois Piper ? demanda Léo.

— Non, pas pour l'instant.

Phoebe se pencha un peu plus. Seize sorciers et sorcières étaient agenouillés en cercle, les mains attachées dans le dos et la bouche recouverte d'un bâillon. Exactement comme dans sa vision ! À côté de chaque victime se trouvait une bougie noire. Les prisonniers se retournaient comme s'ils craignaient que quelque chose de terrifiant se produise.

Phoebe retint son souffle. Piper n'était toujours pas en vue, mais Keisha, la sorcière qu'elle avait vue en photo au début de l'enquête, était là. Des gouttes de sueur perlaient sur son front. Elle semblait avoir repéré les nouveaux arrivants. Elle avait le don de voir à travers les objets. Phoebe mit un doigt sur sa bouche et Keisha baissa immédiatement les yeux.

Phoebe se pencha vers l'autel. Dressé à l'extrémité de la salle, il était décoré de tissus pourpres et noirs. De chaque côté, le dos tourné, se tenait une silhouette en manteau noir à capuche.

— Qu'on amène les dernières victimes ! ordonna soudain Christian.

Quelques silhouettes sortirent de l'obscurité. Quand elles arrivèrent dans le halo de lumière projeté par les bougies, Phoebe reconnut deux membres de la communauté de Christian. Puis la jeune femme se mordit les lèvres pour ne pas hurler. Les deux hommes amenaient Piper qui se contorsionnait comme une sauvageonne.

— Oh, mon Dieu ! murmura Paige en agrippant la main de Phoebe.

Léo fit aussitôt un pas en avant pour voir, mais Paige le tira en arrière. Phoebe, elle, continua de regarder. Piper cherchait à se débarrasser de son bâillon et se tortillait les mains pour se libérer. Ses yeux étaient humides, mais aucune larme ne coulait. Les deux hommes la forcèrent à s'agenouiller au centre du cercle. D'un mouvement de tête, elle repoussa ses cheveux en arrière et défia les silhouettes qui se tenaient près de l'autel.

— Il faut qu'on intervienne, chuchota Léo.

Avant que Phoebe puisse répondre, une puissante voix de femme emplit la pièce. La communauté de Christian n'était donc pas uniquement composée d'hommes !

— Nous sommes rassemblés ici pour une mission très importante ! commença la voix. Notre ascension signifiera la fin des conflits et des combats. L'Ordre de l'Enfer apportera la paix à la Terre.

Les deux silhouettes en noir se retournèrent et relevèrent leur capuchon. Tessa et Taryn !

Les jeunes filles regardaient fixement devant elles, comme si elles étaient en transe. Leur peau luisante et blanche brillait dans la lumière des bougies. Taryn ne ressemblait plus du tout à la fille effondrée que Phoebe avait connue.

— Paige… balbutia Phoebe.

Paige tendit le cou et découvrit la scène. À cet instant, celle qui venait de parler sortit de l'ombre et se dirigea vers l'autel. Elle portait une longue robe vaporeuse rouge et noir et ses cheveux blonds tombaient sur ses épaules en une cascade d'or. Ses yeux étaient d'un bleu aussi perçant que ceux de Tessa et de Taryn.

C'était sûrement Tina, la petite sœur censée avoir disparu.

— Christian avec Tessa et Taryn ? s'étrangla Paige. Mais comment est-ce possible ?

— Nous aimerions vous remercier, frères et sœurs Wiccas, de vous soumettre à ce sacrifice ultime ! commença Tina en fixant les victimes une à une. Ainsi que toi, Piper, la seule des trois *Charmed*…

Phoebe commit l'imprudence d'avancer, mais trop tard, Tina l'avait vue !

— Toutefois… il semblerait que tu ne sois plus seule, poursuivit Tina.

Paige et Léo firent un pas en avant et se postèrent à côté de Phoebe.

— Tes sœurs sont venues à ton secours, exactement comme je l'avais prédit ! Et même ton amoureux est là ! Comme c'est mignon…

Piper tourna la tête. Ses sœurs l'avaient retrouvée, enfin ! Puis elle se mordit les lèvres de colère. Maintenant toutes les trois étaient en danger.

Tina ouvrit ses bras en grand.

— Nous sommes absolument ravis que vous ayez pu venir ! Dès que nous en aurons fini avec Piper, nous nous occuperons de vous.

Elle se tourna vers Christian et fit un geste nonchalant de la main.

— Capturez-les !

Puis elle s'applaudit en riant.

— Ah ! Je rêvais tant de pouvoir dire cela un jour !

— Elle est folle à lier ! souffla Paige à sa sœur quand des membres de la communauté de Christian s'avancèrent vers eux.

— Ne m'en parle pas ! répondit Phoebe.

— Nous ne voulons pas vous faire de mal, dit l'un des Wiccas. Du moins, pas encore.

— Eh bien, lâcha Phoebe, j'avoue que mes intentions sont moins pures que les vôtres !

L'homme et son comparse se précipitèrent vers la jeune femme. Mais Phoebe sauta en l'air, fit un saut périlleux au-dessus de leurs têtes et retomba derrière eux. Avant qu'ils puissent réagir, elle envoya un coup de pied dans le derrière d'un des deux hommes, qui s'affala aussitôt sur son compagnon.

Damon et un type grassouillet se précipitèrent sur Léo et Paige pour les bloquer. Paige regarda Léo et fit un signe de tête en direction de l'autel.

— Compris ! dit Léo.

Tous deux disparurent dans un tourbillon de lumière et réapparurent chacun à un bout de la pièce. Tessa, Taryn et Tina se retournèrent pour leur faire face.

De leur côté, les acolytes de Christian se tenaient devant les étagères. Phoebe se lança sur eux, les aplatit au sol puis s'arrêta pour respirer. Jusque-là, ces Wiccas étaient loin d'être aussi puissants qu'ils l'avaient annoncé au pot d'accueil...

— Attrapez-les ! cria Tina en désignant Paige et Léo.

— Léo, ne t'occupe pas de moi, supplia Paige ! Va libérer Piper, je me débrouillerai toute seule !

Léo se téléporta alors au milieu du cercle. Là, il aida Piper à se relever puis lui détacha les mains.

À cet instant, Christian et Monsieur Grassouillet attaquèrent Paige.

— Désolée, mes chéris ! plaisanta-t-elle. Je vous quitte !

Et la jeune femme se téléporta près de Phoebe qui se débattait dans un corps-à-corps avec deux types. Soudain, elle sentit sa tête tourner. Elle s'arrêta un instant. Elle n'avait pas l'habitude de se téléporter autant en si peu de temps… Quand elle rouvrit les yeux, Monsieur Grassouillet se précipitait encore une fois sur elle.

— Ce n'est pas encore pour cette fois, mon gros !

Et elle lui envoya son poing dans la figure. Elle entendit un craquement et sourit. Au moins ses cours d'autodéfense servaient à quelque chose ! L'homme porta ses mains à son visage.

— Tu m'as cassé le nez, sale garce !

— Pauvre chou ! commenta Paige.

À cet instant, Phoebe envoyait un autre combattant aux pieds de sa jeune sœur.

— Pas mal ! affirma Paige. Tu veux un coup de main ?

— Oui, pourquoi pas ?

Et, entre tourbillons et roulades, les deux sorcières se mirent à distribuer coups de poing et coups de pied à tous ceux qui s'obstinaient à se jeter sur elles.

Tout à coup, Paige fut saisie par-derrière.

— Terminées, les parties de cache-cache ! grommela Christian à son oreille.

— Désolée, Chris ! Mais une fois que j'ai commencé, j'ai du mal à m'arrêter !

Paige se téléporta vers l'autel. Au moment où elle allait toucher le sol, elle se sentit soulevée en l'air et envoyée contre un mur. Le souffle coupé, endolorie de toute part, elle essaya de se relever.

— Que s'est-il passé ? murmura-t-elle quand elle reprit un peu ses esprits.

Tina la fixait d'un air mauvais. Puis la gamine se tourna vers le cercle où Léo et Piper se tenaient, et elle fit un petit geste du poignet. Léo fut projeté en l'air comme s'il avait été frappé par un boulet de canon. Heureusement, il eut la présence d'esprit de se téléporter et réapparut à côté de Phoebe.

Paige ouvrit alors des yeux ronds. Les bras de Phoebe étaient tirés vers l'arrière mais pourtant il n'y avait personne derrière elle. La jeune femme, qui se débattait comme un beau diable, parvint à se libérer. Mais quand elle se retourna, sa tête fut violemment poussée sur le côté, puis ses jambes volèrent en avant et elle tomba comme une masse sur le sol. Que se passait-il ? Tina et Taryn riaient aux larmes. Chaque fois que Phoebe se relevait, quelque chose la clouait de nouveau au sol.

— Qu'est-ce que vous lui faites ? hurla Piper.

— Ce n'est pas moi, rétorqua Tina dans un fou rire. C'est Tessa ! Elle adore ces petits jeux-là.

Paige se mordit les lèvres. Tessa avait donc le pouvoir de se rendre invisible… Et Tina celui de projeter quelqu'un à travers les airs d'un simple geste du poignet !

Tessa reprit une forme visible. Aussitôt, Paige se précipita vers Phoebe. Léo, lui, plongea sur Tessa, mais la jeune femme disparut instantanément. Au même instant, Taryn traversa l'air en direction de Piper. La jeune fille défiait la gravité avec autant d'aisance que Phoebe.

— Attention, Piper ! cria Paige.

Piper se baissa et Taryn s'écrasa contre les caissons en bois. Paige rejoignit Léo qui se relevait avec peine.

— Léo, où est Tessa ?

— Aucune idée !

— Que se passe-t-il ici ? intervint Piper. C'est quoi, tous ces pouvoirs ?

— Je n'en sais rien, répondit Phoebe, essoufflée. J'ai l'impression que ces filles ne seront pas aussi faciles à vaincre que les Anubi.

Tessa réapparut soudain à côté de Tina et des membres de la communauté de Christian encore en état, et tous formèrent un cercle.

Le cœur de Paige battait à tout rompre. Cela promettait d'être une sacrée bagarre !

— Je vais libérer le reste des innocents, dit Léo aux trois sœurs. Vous, occupez-vous du trio diabolique. Ça marche ?

— Ça me va très bien ! déclara Taryn.

— Taryn, je m'ennuie à mourir, gémit Tina avec une moue. Peux-tu t'occuper d'elles afin qu'on puisse continuer notre petite cérémonie ? Évidemment, notre jolie décoration a un peu souffert, mais on va faire avec !

— Vous n'avez donc pas compris qu'il n'y aura plus de cérémonie ? s'énerva Phoebe. Vous êtes fichues !

Ses paroles déclenchèrent quelques rires dans le clan de Christian.

— À quoi bon résister ? insista Tina. Nous sommes les plus fortes. Tout ce que nous voulons, c'est le pouvoir de ces Wiccas et le vôtre. Nous allons donc vous tuer et prendre votre place. Nous serons les nouvelles *Sœurs Charmed* ! Mais nous ne perdrons pas notre temps à sauver des innocents dont tout le monde se contrefiche. Nous utiliserons nos pouvoirs pour dominer l'humanité. Nous arriverons peut-être même à dominer le monde inférieur...

Et elle éclata d'un rire diabolique. N'y tenant plus, Piper se campa solidement devant les trois sœurs.

— Décidément, votre bavardage m'énerve ! Pour qui vous prenez-vous, bon sang ? Allez au diable !

Puis, d'un puissant coup de poing, elle pulvérisa les trois sorcières démoniaques dans l'atmosphère.

— Bien vu, Piper ! s'écria Paige. Bravo !

— Je n'en reviens pas ! confia Phoebe, incrédule. Elles se sont donné beaucoup de mal et finalement elles sont passées à côté de notre pouvoir le plus important !

Elle passa le bras autour des épaules de Piper.

— Tu vois, Piper ? C'était encore toi la plus puissante !

— Oui, si on veut... Mais ça ne m'a pas empêchée d'être kidnappée...

Elle se frotta les poignets.

— Quel bonheur de récupérer ses mains !

Soudain, la jeune femme se sentit soulevée par les bras de Léo. Elle pressa son visage contre sa chemise et respira profondément. Dire que quelques heures plus tôt, elle pensait ne plus jamais le revoir…

— C'est terminé, dit-il. Tout le monde est en sécurité maintenant.

Piper se tourna vers ses sœurs.

— Pas grâce à moi, en tout cas ! Heureusement que vous avez insisté pour rester au Sabbat, sinon on n'aurait jamais découvert qu'il y avait un deuxième clan de kidnappeurs.

— Comme quoi nos jérémiades servent parfois à quelque chose, plaisanta Paige.

— En l'occurrence, oui, reconnut Piper. Mais il ne faut pas que ça devienne une habitude…

CHAPITRE 13

Léo se mit en quête d'un téléphone pour appeler la police. De leur côté, Piper et ses sœurs regardaient tranquillement les Wiccas libérés ligoter leurs ravisseurs. Christian laissa échapper un grognement furieux quand Samson, l'ami d'Elijah Baker, lui attacha les mains. Paige sourit. Le crâne habituellement rasé de Samson était recouvert d'un léger duvet qui avait poussé pendant sa captivité.

— Tout le monde va bien ? demanda Piper. Quelqu'un a-t-il besoin de quelque chose ?

— J'aimerais juste passer quelques coups de fil, supplia Clarissa.

Et elle prit Piper dans ses bras.

— Merci mille fois !

— Nous sommes heureuses d'avoir pu vous aider, assura Piper.

Puis la jeune femme se dirigea vers Samson. Devant son imposante silhouette, elle eut un instant l'impression d'être une naine.

— Samson, ça t'ennuie si je parle à Christian quelques secondes ?

— Mais je t'en prie !

Le jeune homme vérifia une dernière fois les liens de son prisonnier puis s'éloigna. Phoebe et Paige rejoignirent leur sœur.

— Que me voulez-vous ? s'indigna Christian.

— Je voudrais bien savoir… lança Piper. Qu'est-ce que tu croyais gagner dans cette affaire ?

— Et pourquoi je te le dirais ?

— De toute façon, tu seras obligé d'avouer… Je parie que c'est Craig qui t'a entraîné dans tout ça. Je me trompe ?

— C'est exact. Et il n'est même plus là pour en payer l'addition !

Piper fit la moue. Craig avait quand même payé le prix fort…

— Alors… reprit-elle, Tina vous a promis quoi en échange de quelques Wiccas ?

Christian prit une longue inspiration et baissa la tête.

— En fait, Craig et Tina sortaient ensemble. Elle lui a promis que si notre communauté les aidait, nous serions tous récompensés !

— Vous n'étiez donc pas au courant pour les Anubi ? questionna Phoebe.

— Les quoi ?

— Les créatures qui ont tué Craig.

— Bien sûr que non ! C'est pourquoi nous avons été si choqués d'apprendre qu'il avait disparu. Tina avait juré que nous ne risquions rien. Quand Craig a été kidnappé, ç'a été l'affolement général !

L'estomac de Piper se noua. Durant tout ce temps, elle avait cru que des démons étaient responsables des enlèvements. Elle s'était lourdement trompée. Les coupables étaient ces trois filles. Trois gamines qu'elle avait prises pour d'innocentes victimes, alors qu'elles étaient des sorcières préparant des crimes odieux.

— Bon... conclut l'aînée des Halliwell. Merci de nous avoir consacré un peu de ton temps si précieux !

— Attendez une minute ! s'écria Christian. Vous direz à la police que ce n'était pas mon idée, n'est-ce pas ? Parce que, à part moi, il n'y a plus personne pour porter le chapeau !

— Nous verrons plus tard...

— Tout compte fait, les enlèvements des Anubi et les autres n'étaient liés en rien, conclut Paige. Voilà pourquoi le lit de Craig portait des marques noires et pas les autres...

Piper se laissa glisser au sol et s'appuya contre le mur frais. Jusque-là, elle ne s'était pas rendu compte de sa fatigue. Mais une fois assise, ses muscles se relâchèrent, et toutes les parties de son corps la firent souffrir.

— On dirait, en effet...

Phoebe s'assit à côté de Piper.

— Les Anubi ne devaient venir ici que pour se nourrir sur le dos du Sabbat. Une véritable aubaine pour Tina et ses sœurs, car cela écartait d'elles tous les soupçons.

— Oui ! confirma Paige. Une fois les Anubi anéantis, elles pouvaient faire ce qu'elles voulaient ! Quand je pense qu'on a dit à tout le monde de revenir tranquillement au campement... alors qu'on mangeait à la même table que les kidnappeurs !

Piper leva les yeux au ciel et soupira.

— Je n'arrive toujours pas à y croire... C'est Christian et Tessa qui m'ont enlevée ! Quand je les ai reconnus, cela m'a fait un tel choc que je me serais évanouie même s'ils ne m'avaient pas assommée.

Elle passa la main sur le crâne et fit une grimace. Phoebe approcha ses doigts de la zone blessée. La bosse était presque aussi grosse qu'un œuf de pigeon.

— Impressionnant ! Ça va aller ?

— Oui, à condition que tu n'y touches pas ! s'exclama Piper. De toute façon, je suppose que je mérite cette bosse. J'ai traité les Wiccas de ringards et j'ai pris les criminels pour des victimes. Je me suis trompée sur toute la ligne !

Paige s'assit à côté d'elle.

— Écoute, tu n'as rien à te reprocher ! Tessa et Taryn t'ont raconté cette épouvantable histoire sur leur petite sœur kidnappée et tu les as crues parce que tu voulais leur venir en aide. C'est tout.

— Cela aurait pu nous arriver aussi ! renchérit Phoebe. Elles se comportaient vraiment comme des victimes !

À cet instant, la porte de la pièce s'ouvrit et une vingtaine de policiers déboulèrent dans la pièce. Léo, qui les accompagnait, courut vers Piper et ses sœurs.

Les policiers firent le tri entre victimes et kidnappeurs, et distribuèrent des vivres et des couvertures. Piper ne put s'empêcher de sourire. Keisha avait sauté au cou d'un des policiers. Quant à Clarissa, elle poussa un cri de joie quand quelqu'un lui tendit un téléphone portable.

Phoebe prit sa sœur dans ses bras.

— Tu vois, Piper, nous avons retrouvé les disparus, et ils sont sains et saufs.

— En plus, on a anéanti les Anubi ! renchérit Paige. C'est la cerise sur le gâteau !

— Vous avez raison, admit Piper, le résultat est plutôt positif. Je n'ai qu'une petite faveur à vous demander.

Paige posa doucement sa tête sur l'épaule de sa sœur.

— Laquelle ?

— Pas de vacances en famille à Las Vegas pendant un bon moment. D'accord ?

Si tu aimes

Charmed

Tourne la page
et découvre vite un extrait de
L'ombre du sphinx

[...]

Debout sur le seuil du manoir familial, Phoebe Halliwell regarda une dernière fois sa sœur.

— Tu es sûre que tu ne veux pas venir à ce brunch ?

— Non, je t'assure ! répondit Paige. Allez-y sans moi.

— Comme tu veux ! Tu passes à côté d'un fabuleux œuf poché sauce hollandaise...

Paige se tapota le ventre en riant.

— Je passe surtout à côté d'un milliard de calories ! Très peu pour moi, vraiment...

Une fois de plus, Phoebe admira la silhouette parfaite de Paige.

— Bon, je n'insiste pas !

Un coup de klaxon se fit entendre. Debout à côté de la voiture, Cole Porter, le fiancé de Phoebe, s'impatientait.

La tête de Piper émergea par la fenêtre arrière.

— Dépêche-toi, Phoebe ! Si on arrive trop tard chez Sylvio, il y aura une queue d'enfer !

— Allez-y ! s'obstina Paige. Et mangez des muffins à la banane en pensant à moi.

Et elle poussa gentiment Phoebe en avant.

— Allez, file !

— Bon, bon, j'ai compris, murmura Phoebe.

La jeune femme fit demi-tour et courut dans les bras de Cole. Il l'embrassa tendrement puis ouvrit la portière d'un geste solennel. Phoebe éclata de rire et se glissa sur le siège pendant que Cole faisait le tour de la voiture pour s'installer au volant.

Paige sourit. Sur la banquette arrière, Piper, son autre sœur, était sûrement blottie contre son mari Léo...

Cole démarra en klaxonnant et la voiture s'éloigna.

Une fois rentrée à l'intérieur du manoir, Paige soupira. Non, ce n'était pas à cause des calories qu'elle avait refusé le brunch chez Sylvio. En fait, elle voulait échapper un moment à son rôle de cinquième roue du carrosse. Certes, c'était super que Phoebe et Piper soient amoureuses... N'était-ce pas génial qu'une relation durable soit possible pour les sorcières ? Si Piper avait pu épouser Léo malgré tous les obstacles et si Phoebe s'était fiancée avec un ancien ennemi, elle-même trouverait un jour son prince charmant.

Il devait bien exister quelque part un troisième homme capable d'accepter les aléas d'une vie de *Charmed* ! Paige avait encore un mal fou à s'adapter à sa nouvelle situation. Et Piper et Phoebe ne s'étaient pas encore complètement accoutumées à son arrivée dans leur vie...

Quand les deux sorcières avaient fait la connaissance de leur demi-sœur inattendue, elles venaient juste de perdre Prue, l'aînée des trois Halliwell, lors d'une bataille contre la source du Mal.

Après une légère adaptation – une adaptation importante pour être honnête –, Paige était devenue un membre officiel de la famille. Elle avait alors emménagé dans le manoir Halliwell, d'abord à contrecœur, il faut bien l'avouer... Aujourd'hui Paige s'y sentait parfaitement à l'aise.

Elle adorait ses nouvelles sœurs, même si elles n'étaient pas toujours faciles à vivre. Étrangement, elle se sentait plus proche de Phoebe dont la vie avait aussi traversé des zones de turbulences.

Piper, elle, était plus mûre et plus responsable. C'était sans doute une attitude typique des grandes sœurs. Paige soupira. Le plus difficile était de devoir être à la hauteur de Prue. Pas en tant que sœur, mais en tant que *Charmed*. Le Pouvoir des Trois était basé sur une parfaite synchronisation du trio. D'ailleurs, Piper, Prue et Phoebe avaient été élevées ensemble, dans la même maison et elles avaient développé leurs pouvoirs au même rythme. De plus, Prue avait été une sorcière très puissante, plus puissante même que Piper et Phoebe. Pour la remplacer, il y avait donc beaucoup à faire.

Cette matinée de solitude allait donc être idéale pour un tête-à-tête avec *Le Livre des Ombres*.

Paige trottina jusqu'à la cuisine et se versa une tasse de café. Elle apprécia le calme de la maison : le silence était une chose rare chez les *Charmed*. En effet, les démons semblaient errer partout dans le manoir et ils avaient la désagréable manie de surgir à n'importe quelle heure du jour ou de la nuit ! Et ce n'était pas tout, Paige devait supporter aussi l'exubérance de ses sœurs et de leurs amoureux.

La jeune femme s'engagea dans l'escalier, un sourire sur les lèvres. Elle pénétra dans le grenier. Ce dernier contenait le fourbi habituel : meubles anciens, coffres remplis de vieux vêtements, souvenirs oubliés… mais c'était avant tout un lieu de magie. C'était ici que Piper et Phoebe avaient pris possession de leurs pouvoirs et ici que Paige avait été initiée aux siens. C'est là que se trouvait *Le Livre des Ombres*, contenant le passé des *Charmed*, leur présent et sans doute leur avenir. Ou, plus précisément, les indices qui leur permettaient d'envisager l'avenir. Des générations de sorcières Halliwell y avaient couché des sortilèges en tout genre, des recettes de potions, des charmes de protection, des amulettes et autres incantations. *Le Livre des Ombres* faisait également office de dictionnaire de l'univers des démons : esquisses des créatures de l'ombre, descriptions de leur habitat, de leurs armes et de leurs habitudes alimentaires…

Paige frissonna. Parfois, au petit matin, quand elle se sentait particulièrement seule et vulnérable, elle imaginait que les dessins prenaient vie et sortaient du livre... Elle se levait alors très vite et prenait une tasse de tisane. C'était pourtant simple ! Ces créatures étaient seulement des images du *Livre des Ombres*. Et celui-ci était justement là pour apprendre à Paige comment les vaincre.

Il y avait aussi certaines pages que Paige pouvait contempler pendant des heures. Une des ancêtres du XVIIIe siècle, sans doute amoureuse, avait transcrit un rituel de cérémonie de mariage et l'avait décoré de fleurs séchées et d'aquarelles. Un peu plus loin, on pouvait trouver des pages sur des herbes rares et leur utilisation, avec des croquis de plantes magnifiques. Avec l'expérience, Paige arrivait à deviner la personnalité des sorcières qui les avaient écrites : studieuses, joyeuses, parfois même pleines d'humour...

Elle commença à feuilleter le livre et tomba sur une page qu'elle n'avait jamais vue : « Changement de forme ! »

Le rythme de son cœur s'accéléra. À côté de cela, déplacer des objets était une plaisanterie !

« Si je pouvais me transformer, ce serait génial ! Piper et Phoebe ne savent pas faire ça ! Et Prue ne savait pas le faire non plus ! Ce serait mon pouvoir à moi ! »

La jeune femme se rappela alors une récente dispute qu'elle avait eue avec Piper sur son esprit d'initiative. Devant un pouvoir que Paige aurait appris toute seule, Piper serait bien obligée de reconnaître que sa jeune sœur avait le niveau pour prendre sa destinée en main ! De plus, ce nouveau talent serait bien utile dans les combats contre les démons…

Paige parcourut le texte d'un doigt impatient.

« Changer de forme… devenir quelque chose d'autre. Alors, je peux me transformer en oiseau ou en chaise… Non, pas une chaise, tout de même ! »

Elle éclata de rire puis lut les instructions. Il s'agissait de devenir un animal. Le texte recommandait à l'apprentie sorcière de choisir un animal avec lequel elle avait des affinités. Ensuite seulement, elle pourrait se métamorphoser en toutes sortes de créatures.

Paige continua sa lecture. D'abord, il fallait des flammes. Elle jeta un coup d'œil autour d'elle. Il y avait ici des tas de bougies qui feraient l'affaire. Il lui faudrait aussi une décoction de sureau et d'orties, et ensuite des bâtons de cannelle. La jeune femme sourit. Elle devrait dégoter tout ça dans la cuisine de Piper.

Paige dévala l'escalier jusqu'à la cuisine.

« En quoi pourrais-je me transformer ? »

Elle ouvrit les placards les uns après les autres et trouva un bocal avec des bâtons de cannelle.

« Maintenant, du sureau et des orties… Voyons… Si j'étais du sureau et des orties, où est-ce que je serais rangée ? »

Paige adorait la magie, et surtout la magie qui pouvait sauver des innocents ! D'ailleurs, c'était parce qu'elle aimait aider les autres qu'elle était devenue assistante sociale. Mais avec la magie, c'était autre chose. Se connecter aux forces invisibles de l'univers et les sentir vibrer dans son corps, c'était l'aventure, la découverte permanente, l'exploration de l'inconnu…

Paige posa une bouilloire sur le feu et continua à chercher. Elle vit enfin un sachet portant l'étiquette « orties ».

— Ah, vous voilà !

Où Piper pouvait-elle bien ranger le sureau ?

— Une minute…

Son visage s'illumina. Elle venait de se souvenir des assortiments de thé de sa sœur. Elle ouvrit un placard en bois et aperçut la boîte de feuilles de sureau.

— Je savais bien que je finirais par te mettre la main dessus !

Derrière elle, la bouilloire se mit à siffler.

— Impeccable !

Paige choisit un bol en faïence et le posa sur la table. Elle y jeta quelques feuilles d'orties et une bonne poignée de sureau puis versa l'eau bouillante. Ensuite, elle referma soigneusement le sachet et la boîte et les rangea à leur place.

« Comme dirait Piper, toujours tout nettoyer au fur et à mesure… »

Paige coinça le bocal de cannelle sous son bras, prit le bol d'infusion et remonta lentement au grenier. Elle fronça le nez. Les orties et le sureau dégageaient des odeurs de terre humide. Pourvu qu'elle n'ait pas à ingurgiter ce breuvage !

Arrivée au grenier, la jeune femme posa le bol par terre avec précaution, puis entama une lecture approfondie du sortilège. Elle n'aurait qu'à oindre son front, ses mains et ses pieds avec cette décoction. C'était parfait !

Paige envoya valser ses sabots et retira ses chaussettes.

« Et maintenant ? Ah oui, les bougies ! Et un truc pour brûler les bâtons de cannelle. Sans mettre le feu au grenier… »

Paige planta une bougie blanche et le bâton de cannelle derrière le bol fumant puis elle relut soigneusement l'incantation. Elle s'assit ensuite sur les talons et laissa son esprit vagabonder. Quel animal voulait-elle incarner ? L'image d'un chat surgit dans sa tête. Un chat, ce n'était pas idiot… Les chats étaient gracieux, indépendants, sensuels et s'amusaient d'un rien !

— Un chat, c'est ça !

Paige était fin prête. Elle frotta une allumette et s'arrêta à quelques centimètres de la bougie. Son estomac dansait le tango.

— Allez, j'y vais !

Paige approcha l'allumette et la mèche prit feu immédiatement. La sorcière fixa la flamme de la bougie. Plus question de faire marche arrière... Elle se concentra sur l'animal qu'elle désirait devenir, tout en aspirant le pouvoir de métamorphose dégagé par la flamme.

Une image de chat se forma dans son esprit. « Pensez aux qualités de l'animal, puis faites-les vôtres », préconisait le sortilège.

La flamme vacilla. Paige trempa ses doigts dans la décoction de sureau et d'orties puis les passa sur son front, ses paumes des mains et enfin sur le bout de ses pieds. Ensuite, elle pencha le bâton de cannelle dans la flamme en récitant les incantations du *Livre des Ombres*.

Je prends ce que je suis, en bien et même en mal.
Le pouvoir de l'animal devient mon pouvoir,
L'énergie de la bête, sa forme et son vouloir
Possèdent tout mon corps et je deviens l'animal.

Quand la cannelle commença à se consumer, Paige la déposa dans la petite coupelle à côté de la bougie.

— Je suis un chat... Je suis un chat...

Sa voix ne fut bientôt plus qu'un murmure. Elle répéta longuement la phrase, les yeux braqués sur le point bleu au cœur de la flamme. Puis, peu à peu, les mots à peine audibles se transformèrent en un chant puissant. Soudain, son corps fut pris d'un spasme et ses cheveux se dressèrent sur la tête. La petite flamme se transforma en une immense torche puis s'éteignit brusquement. Au même instant, Paige entendit un long miaulement.

— Est-ce que ça venait de moi ? interrogea-t-elle à voix haute.

Mais tout ce qu'elle put entendre fut :

— Miaou ?

Paige regarda ses pattes.

Ses pattes ?

Elle bondit vers le miroir.

Là, dans le miroir, il y avait un chat ! Un joli petit chat au poil brillant, avec la pointe des oreilles et le bout du nez tout noirs. Ses yeux marron étaient parfaitement ronds. Paige y plongea son regard avec attention. Impossible d'y déceler le moindre signe de son humanité !

— J'ai réussi !

Elle s'étira et soupira. Quel plaisir ! Pas étonnant que les chats fassent ça tout le temps ! Elle plia l'extrémité de ses pattes de devant et fit sortir de petites griffes.

— Génial ! Tout fonctionne à merveille.

Paige se concentra au maximum et fit bouger sa queue. Surprise, elle sauta en l'air pour attraper le bout argenté de ce curieux appendice.

Elle voulut éclater de rire mais aucun son ne sortit de sa bouche, ou plutôt de son museau. Un léger frisson traversa son corps.

— Je n'ai jamais entendu les chats rire… Je me demande s'ils ont le sens de l'humour.

Paige fit prudemment le tour de la pièce pour s'habituer à sa nouvelle démarche. Sous les coussinets de ses pattes, le sol semblait spongieux. Elle observa ses pattes avec satisfaction.

— C'est bien plus confortable que les talons hauts !

Tous ses sens possédaient désormais une grande acuité. Ses moustaches frémissaient aux senteurs des herbes du sortilège, de la cire des meubles et du café froid. Paige se dirigea vers sa tasse, la renifla mais recula immédiatement. La caféine ne l'attirait plus du tout.

— En voilà une métamorphose ! Moi, ne plus aimer le café ? C'est du délire ! Oh... mais ce petit mouton de poussière a l'air très rigolo !

Paige le chat s'élança puis bondit en l'air. Le mouton virevolta hors de sa portée mais Paige miaula de joie. Peu importait la proie, ce qui était excitant, c'était de poursuivre, de chasser. Elle s'apprêtait à bondir encore quand une tache de soleil au sol la fit changer d'avis. Elle s'allongea dans la chaleur du rayon de soleil. Mmmm...

Un léger courant d'air dans le grenier fit virevolter le mouton devant Paige, mais elle se contenta de cligner des yeux et de bâiller. Vivre et laisser vivre. Après tout, cette boule de poussière ne lui avait fait aucun mal, non ?

Un étrange grondement la fit sauter sur ses pattes. Qu'était-ce ? Le grondement s'arrêta aussitôt. Puis elle comprit...

— J'ai ronronné ? Heureusement que personne ne m'a vue me faire peur à moi-même !

Paige étira ses pattes de devant et enfonça ses griffes dans la tapisserie du fauteuil devant elle. Quel régal de jouer avec ce tissu !

Une porte claqua au rez-de-chaussée.

— Tu vas vraiment me le payer ! fit Phoebe en riant.

— C'est ce qu'on va voir ! répondit Cole.

Un éclat de rire retentit.

— J'ai hâte d'assister à ça ! taquina Léo.

— Vraiment ? rétorqua Piper. Voilà un concours auquel je ne veux surtout pas être mêlée !

Paige soupira. C'était fini. Elle n'avait plus la maison pour elle toute seule.

Elle s'assit. Il n'était pas question que ses sœurs la trouvent dans cet état ! Son nouveau pouvoir serait mieux accueilli par ses sœurs si elle se transformait devant elles, au lieu de leur sauter dessus sous sa nouvelle identité. Piper spécialement n'apprécierait pas l'utilisation de la magie sans autorisation… Il fallait trouver la bonne approche. Dans l'immédiat cependant, il était temps de redevenir une jeune femme.

Paige considéra *Le Livre des Ombres* et se figea. Comment allait-elle faire ? Elle n'avait pas lu le sortilège jusqu'au bout ! Et comment dire une incantation si elle ne pouvait émettre que des *miaou* ?

Paige se lissa une moustache puis bondit sur le lutrin. *Le Livre des Ombres* était encore ouvert à la page du sortilège de métamorphose. D'ailleurs, le texte continuait sur la page suivante. Paige essaya de tourner l'épaisse feuille avec sa patte, mais en vain. Sans pouce, la vie était moins simple ! Elle s'efforça de faire le bilan de la situation. Malgré les recommandations de ses sœurs, elle avait pratiqué toute seule une magie assez puissante. Pour aggraver son cas, elle s'était montrée négligente. C'était complètement insensé ! Piper allait lui infliger une sacrée leçon de morale... Le pire, c'est qu'elle aurait parfaitement raison !

Paige sauta à terre. Elle n'avait plus le temps de s'en sortir seule.

Elle se mit à marcher de long en large. Il fallait qu'elle entre en contact avec Phoebe. On ne pouvait pas compter sur elle pour garder un secret, mais elle saurait se montrer indulgente. Elle l'aiderait à redevenir humaine et la conseillerait sur la manière de confesser la chose à Piper...

[...]

Dans la même collection

Charmed

1. Le Pouvoir des Trois
2. Le baiser des ténèbres
3. Le sortilège écarlate
4. Quand le passé revient
5. Rituel vaudou
6. Menaces de mort
7. Le violon ensorcelé
8. Le secret des druides
9. La fiancée de Nikos
10. La statuette maléfique
11. La sorcière perdue
12. La ceinture sacrée
13. Le jardin du Mal
14. Démons sur le net
15. Mauvaises fréquentations
16. L'ombre du sphinx
17. L'enlèvement des sorciers

Dans la collection "Filles", découvre vite:

Sophie (T1)
Victoria (T2)
Olivia (T3)
Melissa (T4)
Charlotte (T5)
Rosie Rushton

Arrête, Maman, je vais craquer! (T1)
Tout va très mal, merci! (T2)
Comment as-tu osé, Maman! (T3)
Qu'est-ce qu'il y a encore, Maman? (T4)
Rosie Rushton

Mensonges et secrets
Rosie Rushton

Pourquoi pas moi? (T1)
Ni oui, ni non! (T2)
La vie en rose (T3)
Phyllis Reynolds Naylor

Petits copains et grandes copines (T1)
Garçons cool et filles stressées (T2)
Petits complexes et grand amour (T3)
Grandes questions et petits secrets (T4)
Vacances catastrophiques et amour cosmique (T5)
Cathy Hopkins

Ma chambre, mon lit, ma mère et moi...
Lorris Murail

Un peu de tenue, Jenny ! (T1)
Quelle galère, Jenny (T2)
Yvonne Coppard

L'amour en toutes lettres
Francess Lantz

Opération Boyfriend
Margaret Ryan

Confession d'une menteuse (et de son chien)
Gennifer Choldenko

Salut, moi, c'est Alex !
Alex, le cœur à l'envers
Allô, Alex, c'est la cata !
Kathryn Lamb

Les guides filles

Garçons, mode d'emploi
Petit manuel à l'usage des filles
Morag Prunty

S'entendre ? Se comprendre ? Se plaire ?
Les filles viennent de Saturne, les garçons de Jupiter
Kathryn Lamb

Bien dans sa peau, bien dans ses baskets
La beauté au quotidien
Heidi Schumacher

Mon corps, ma tête, mon cœur et moi
Découvrir sa sexualité
Kerry Parnell

Non au racket !
Réagissez ! Vous pouvez y faire face !
Christine Laouénan

Qui êtes-vous… vraiment ?
Astrologie, numérologie, horoscope… vous aideront à le savoir enfin !
Tucker Shaw

Le guide de l'amitié
Comment être une amie d'enfer ?
Odile Brandt

Composition : Francisco *Compo*
61290 Longny-au-Perche

Impression réalisée sur Presse Offset par

BRODARD & TAUPIN

GROUPE CPI

La Flèche (Sarthe), le 21-09-2005
N° d'impression : 31007

Dépôt légal : octobre 2005

Imprimé en France

POCKET *jeunesse* 12, avenue d'Italie • 75627 PARIS Cedex 13
Tél. : 01.44.16.05.00